suhrkamp taschenbuch 3661

In *Philip und die anderen* erzählt Cees Nooteboom von einem jungen Mann, der – einem traumhaften chinesischen Mädchen auf der Spur – quer durch Europa trampt, von Bekanntschaft zu Bekanntschaft eilt und in den Jugendherbergen und auf den Straßen seine »Schule des Lebens« besucht. In sieben Kapiteln entfaltet Nooteboom, der »fabulierende Magier« (*Frankfurter Allgemeine Zeitung*), ein melancholisches Märchen, in dem die Erotik keine nebensächliche Rolle spielt.

Philip und die anderen ist der Erstling des Autors, vor gut fünfzig Jahren geschrieben und als Kultbuch von Generation zu Generation weitergereicht.

»Leicht wie die Luft und schwer wie der Regen, flüchtig wie ein Gedanke und schmerzlich wie eine Erinnerung ... Man liest, man staunt und wird verzaubert wie von einem großen Traum. Nootebooms erster Roman besitzt die Altersweisheit eines Kindes, das noch wenig erlebt hat, aber schon alles erinnert, das noch nicht viel weiß, aber schon alles versteht. Aber der Kern von Nootebooms Kunst, hier ist er schon, dieses unvergleichliche Ineinandergehen von Poesie und Philosophie.« *Ulrich Greiner, Die Zeit*

Cees Nooteboom, geboren 1933 in Den Haag, lebt in Amsterdam und auf Menorca. Im Suhrkamp Verlag liegen die acht Bände seiner *Gesammelten Werke* vor. Zuletzt erschienen der Roman *Paradies verloren* (2005) und der Erzählungsband *Der verliebte Gefangene* (2006).

Cees Nooteboom
Philip und die anderen

Roman

Aus dem Niederländischen von
Helga van Beuningen
Mit einem Nachwort von
Rüdiger Safranski

Suhrkamp

Die Originalausgabe erschien 1955 unter dem Titel
Philip en de anderen
bei Em. Querido's Uitgeverj NV, Amsterdam
1958 erschien die deutsche Übersetzung von Josef Tichy
unter dem Titel *Das Paradies ist nebenan*
beim Eugen Diederichs Verlag, Köln

Umschlagfoto: Detlef Odenhausen

suhrkamp taschenbuch 3661
Erste Auflage 2004

Druck: Ebner & Spiegel, Ulm
Printed in Germany
Umschlag: Göllner, Michels, Zegarzewski
ISBN 978-3-518-45661-3
ISBN 3-518-45661-X

3 4 5 6 7 8 – 11 10 09 08 07 06

Philip und die anderen

Pour Nicole et pour notre ami aux cheveux gris

Ces povres resveurs, ces amoureux enfants
Constantijn Huygens

Je rêve que je dors, je rêve que je rêve
Paul Éluard

Buch eins

1 Mein Onkel Antonin Alexander war ein merkwürdiger Mann. Als ich ihn zum erstenmal sah, war ich zehn Jahre alt und er ungefähr siebzig. Er wohnte in einem häßlichen, riesengroßen Haus im Gooi, das vollgestopft war mit den eigenartigsten, nutzlosesten und scheußlichsten Möbeln. Ich war damals noch sehr klein und kam nicht an die Klingel. Gegen die Tür zu hämmern oder mit der Klappe des Briefkastenschlitzes zu klappern, wie ich es sonst immer machte, traute ich mich hier nicht. Ratlos ging ich schließlich um das Haus herum. Mein Onkel Alexander saß in einem wackligen Sessel aus verblichenem violetten Plüsch mit drei gelblichen Schondeckchen, und er war tatsächlich der merkwürdigste Mann, den ich je gesehen hatte. An jeder Hand trug er zwei Ringe, und erst später, als ich nach sechs Jahren zum zweitenmal zu ihm kam, diesmal um zu bleiben, konnte ich erkennen, daß das Gold Messing war und die roten und grünen Steine (ich habe einen Onkel, der trägt Rubine und Smaragde) buntes Glas.

»Bist du Philip?« fragte er.

»Ja, Onkel«, sagte ich zu der Gestalt im Sessel. Ich sah nur die Hände. Der Kopf lag im Schatten.

»Hast du mir etwas mitgebracht?« fragte die Stimme wieder. Ich hatte nichts mitgebracht und sagte: »Ich glaube nicht, Onkel.«

»Du mußt doch etwas mitbringen.«

Ich glaube nicht, daß ich das damals komisch fand. Wenn jemand kam, mußte er eigentlich etwas mitbringen. Ich stellte mein Köfferchen ab und ging zurück auf die Straße. Im Garten

neben dem meines Onkels Alexander hatte ich Rhododendren gesehen, und ich schlich vorsichtig durch die Pforte und schnitt mit meinem Taschenmesser ein paar Blüten ab.
Wieder stand ich vor der Terrasse.
»Ich habe dir Blumen mitgebracht, Onkel«, sagte ich. Er stand auf, und nun sah ich auch sein Gesicht.
»Ich weiß das außerordentlich zu schätzen«, sagte er und verbeugte sich leicht. »Wollen wir ein Fest feiern?« Er wartete meine Antwort nicht ab und zog mich an der Hand ins Haus. Irgendwo knipste er eine kleine Lampe an, so daß das sonderbare Zimmer gelblich erleuchtet wurde. In der Mitte dieses Zimmers standen lauter Stühle – an den Wänden drei Sofas mit vielen weichen Kissen in Beige und Grau. Vor der Wand mit den Terrassentüren stand eine Art Klavier, das, wie ich später erfuhr, ein Cembalo war.
Er wies auf ein Sofa und sagte: »Leg dich hin, nimm dir viele Kissen.« Er selbst legte sich auf ein anderes Sofa, an der Wand mir gegenüber, und dann konnte ich ihn wegen der hohen Rücken der Stühle nicht mehr sehen, die zwischen uns standen.
»Wir müssen also ein Fest feiern«, sagte er. »Was machst du gern?«
Ich las gern und ich sah mir gern Bilder an, aber das kann man auf einem Fest nicht machen, dachte ich, also sagte ich das nicht. Ich dachte kurz nach und sagte dann: »Spätabends mit dem Bus fahren, oder nachts.«
Ich wartete auf Zustimmung, aber die kam nicht.
»Am Wasser sitzen«, sagte ich, »und im Regen herumgehen und manchmal jemanden küssen.«
»Wen?« fragte er. »Niemand, den ich kenne«, sagte ich, aber das stimmte nicht.

Ich hörte, wie er aufstand und zu meinem Sofa kam.
»Wir feiern ein Fest«, sagte er, »als erstes fahren wir mit dem Bus nach Loenen und dann wieder zurück nach Loosdrecht. Dort setzen wir uns ans Wasser, und vielleicht trinken wir etwas. Danach fahren wir mit dem Bus wieder nach Hause. Komm.«
So habe ich meinen Onkel Alexander kennengelernt. Er hatte ein altes, weißliches Gesicht, in dem alle Linien nach unten liefen, eine schöne, dünne Nase und dicke schwarze Augenbrauen wie ein alter, zotteliger Vogel.
Sein Mund war lang und rosig, und meist trug mein Onkel Alexander ein Judenkäppchen, obwohl er kein Jude war. Ich glaube, er war kahl unter dem Käppchen, aber sicher bin ich mir da nicht. An diesem Abend fand das erste richtige Fest statt, das ich je erlebt hatte.
Es waren kaum Leute im Bus, und ich dachte, ein Autobus bei Nacht ist wie eine Insel, auf der man fast allein lebt. Man kann sein eigenes Gesicht in den Fensterscheiben sehen und hört das leise Reden der Leute wie Farben am Geräusch des Motors. Das gelbe Licht der kleinen Lämpchen verwandelt die Dinge drinnen und draußen, und das Nickel ruckelt wegen der Steine auf der Straße. Weil so wenige Leute mitfahren, hält der Bus fast nie, und man kann sich vorstellen, wie er von außen aussehen muß, wenn er den Deich entlangfährt, mit den großen Augen vorn, den gelben Vierecken der Fenster und dem roten Licht hinten.
Mein Onkel Alexander setzte sich nicht neben mich, er ging in eine ganz andere Ecke, »denn sonst ist es kein Fest mehr, wenn man miteinander reden muß«, sagte er. Und das stimmt.
Wenn ich in der Fensterscheibe nach hinten schaute, sah ich

ihn. Es war, als schliefe er, aber seine Hände bewegten sich über das Köfferchen, das er mitgenommen hatte. Ich hätte ihn gern gefragt, was darin war, aber ich dachte, er würde es vielleicht nicht sagen.

In Loosdrecht stiegen wir aus und gingen, bis wir zum Teich kamen.

Dort machte mein Onkel Alexander das Köfferchen auf und nahm ein Stück altes Segeltuch heraus, das er auf das Gras legte, weil es so naß war.

Wir setzten uns mit dem Gesicht zum Mond hin, der grünlich vor uns im Wasser schaukelte, und hörten die Schritte der Kühe auf der Wiese hinter dem Deich. Nebelschwaden und kleine Dunstschleier waren über dem Wasser und merkwürdige kleine Nachtgeräusche, so daß ich zunächst nicht merkte, daß mein Onkel Alexander wohl leise weinte.

Ich sagte: »Weinst du, Onkel?«

»Nein, ich weine nicht«, sagte mein Onkel, und da war ich mir sicher, daß er weinte, und fragte ihn: »Warum bist du nicht verheiratet?« Aber er sagte: »Ich bin verheiratet. Ich bin mit mir selbst verheiratet.« Und er trank etwas aus einer kleinen, flachen Flasche, die er in seiner Innentasche hatte (Courvoisier stand darauf, was ich damals nicht aussprechen konnte), und fuhr fort: »Ich bin verheiratet. Hast du schon mal etwas von den Metamorphosen des Ovid gehört?«

Davon hatte ich noch nie gehört, aber er sagte, das mache nichts, denn das eine habe mit dem anderen eigentlich auch nicht viel zu tun.

»Ich bin mit mir selbst verheiratet«, sagte er. »Nicht mit mir selbst, wie ich anfangs war, sondern mit einer Erinnerung, die ›ich‹ geworden ist. Verstehst du das?« fragte er.

»Nein, Onkel«, sagte ich.
»Gut«, sagte mein Onkel Alexander und fragte dann, ob ich Appetit auf Schokolade hätte, aber ich mochte keine Schokolade, und so aß er die Riegel, die er für mich mitgenommen hatte, selbst auf. Danach falteten wir das Segeltuch wieder zu einem kleinen Viereck zusammen und legten es in das Köfferchen. Wir gingen über den Deich zurück zur Bushaltestelle, und als wir zu den Häusern der Leute kamen, rochen wir den Jasmin und hörten, wie das Wasser sacht gegen die kleinen Ruderboote am Steg schlug. An der Bushaltestelle sahen wir ein Mädchen in einem roten Mantel, das sich von seinem Freund verabschiedete. Ich sah, wie sie mit einer schnellen Bewegung ihre Hand in seinen Nacken legte und seinen Kopf an ihren Mund zog. Sie küßte ihn auf den Mund, nur ganz kurz, und stieg dann schnell ein. Als wir in den Bus kamen, war sie bereits eine andere geworden. Mein Onkel Alexander setzte sich neben mich, woraus ich schloß, daß das Fest vorbei war. In Hilversum half der Schaffner ihm beim Aussteigen, denn er war jetzt sehr müde geworden und sah ganz, ganz alt aus.
»Heute nacht werde ich für dich spielen«, sagte er, denn es war Nacht geworden und sehr still auf der Straße.
»Wie spielen?« fragte ich, aber er gab keine Antwort. Eigentlich achtete er nicht mehr sehr auf mich, auch nicht, als wir wieder zu Hause waren, im Wohnzimmer.
Er setzte sich an das Cembalo, und ich stellte mich hinter ihn und schaute auf seine Hände, die den Schlüssel zweimal herumdrehten und danach den Deckel aufklappten. »Partita«, sagte er, »Sinfonia«, und er begann zu spielen. Ich hatte so etwas noch nie zuvor gehört und dachte, nur mein Onkel Alexander könne das. Es klang wie aus einer fernen Vergangenheit,

und als ich mich wieder auf mein Sofa legte, rückte es sehr weit weg.
Ich konnte alle möglichen Dinge im Garten sehen, und mir war, als gehöre alles zu der Musik und zum leisen Schnaufen meines Onkels Alexander.
Von Zeit zu Zeit sagte er unvermittelt etwas.
»Sarabande«, rief er, »Sarabande.« Und später: »Menuett.«
Das Zimmer füllte sich mit den Klängen, und ich wünschte, er würde nie aufhören, aber ich spürte, daß es fast zu Ende war. Als er nicht mehr spielte, hörte ich, wie er keuchte, denn er war schon ein alter Mann. Er blieb für einen Moment so sitzen, doch dann stand er auf und wandte sich mir zu. Seine Augen leuchteten, und sie waren sehr groß und dunkelgrün, und er wedelte mit seinen großen weißen Händen.
»Warum stehst du nicht auf?« sagte er, »du mußt aufstehen.«
Ich stand auf und ging zu ihm.
»Das ist Herr Bach«, sagte er.
Ich sah niemanden, aber er mußte jemanden sehen, denn er lachte so merkwürdig und sagte: »Und das ist Philip, Philip Emanuel.«
Ich wußte nicht, daß ich auch Emanuel hieß, aber man hat mir später erzählt, mein Onkel Alexander habe bei meiner Geburt darauf gedrängt, weil einer der Söhne Bachs so hieß.
»Gib Herrn Bach die Hand«, sagte mein Onkel. »Na los, gib ihm die Hand.«
Ich glaube nicht, daß ich Angst hatte – ich streckte die Hand aus und tat so, als schüttelte ich eine Hand. An der Wand sah ich plötzlich einen Stich – einen dicken Mann mit vielen Locken, der mich freundlich, aber aus großer Ferne ansah.
J. S. Bach stand darunter.

»Gut so«, sagte mein Onkel, »gut so.«

»Darf ich jetzt ins Bett gehen, Onkel?« fragte ich, denn ich war sehr müde.

»Ins Bett? Ja, natürlich, wir müssen schlafen«, sagte er und brachte mich in ein kleines Zimmer mit gelber Blümchentapete und einem alten eisernen Bettgestell mit Messingknaufen.

»In dem grauen Schränkchen steht ein Topf«, sagte er und ging. Ich schlief sofort ein.

Am nächsten Morgen wachte ich auf, weil die Sonne durch die Glasscheibe warm hereinschien. Ich rührte mich nicht, denn um mich herum waren viele merkwürdige Dinge.

Neben mir auf dem grauen Schränkchen standen die Rhododendronblüten, die ich am Abend für meinen Onkel Alexander gepflückt hatte. In der Nacht hatten sie da nicht gestanden, da war ich mir sicher, also mußte er sie, während ich schlief, dort hingestellt haben. An der Wand hingen vier Gegenstände. Ein Artikel aus einer Zeitung, fein säuberlich ausgeschnitten und mit vier Messingreißzwecken angeheftet. Er war völlig vergilbt, aber ich konnte die Buchstaben noch gut lesen. Da stand: Schiffsabfahrten und -positionen – 12. September 1910. Daneben hing ein altes Bild hinter Glas, in einem schwarzlackierten Rahmen. Zwischen dem Bild und dem Glas hatte sich viel Staub angesammelt, so daß die Farben blaß geworden waren. »Return from school« stand darauf, und ein Junge in Kniebundhose und mit einem breitkrempigen Hut sprang aus einer Kutsche mit zwei Pferden und lief schnell zu seiner Mutter, die an der Tür mit ausgebreiteten Armen auf ihn wartete. Im Garten des Hauses blühten große gelbe und blaue Blumen, die ich in Wirklichkeit noch nie gesehen hatte.

An der anderen Wand hing ein Schwimmerzeugnis A. Brust-

und Rückenschwimmen, und darauf war mit dünnen spitzen Buchstaben geschrieben: Inhaber Paul Sweeloo. Genau darüber hing ein großes, vergilbtes, auf Karton aufgezogenes Foto eines indonesischen Jungen mit sehr großen Augen und einem Pony in der Stirn, wie auch ich ihn trage.

Ich stieg langsam aus dem Bett, um nach unten zu gehen. Mein Zimmer lag an einem langen Flur, an dem noch viele andere Zimmer lagen. An allen Türen horchte ich, ob mein Onkel Alexander vielleicht drinnen war, und ich versuchte auch, durch das Schlüsselloch zu schauen, aber das ging nicht.

Beide Hände am Geländer, lief ich die Treppe hinab und sah mich in der Diele um. Es war sehr still im Haus, und ich hatte ein bißchen Angst, ich wußte nicht mehr, welche der Türen die Tür von gestern abend war.

Also nahm ich mein Taschenmesser, klappte es auf und legte es flach auf das Parkett in der Diele.

Danach ließ ich es sehr schnell kreisen und wartete, bis es still liegenblieb. Überall waren Türen, und durch die Tür, auf welche die Spitze meines Taschenmessers zeigen würde, wollte ich hineingehen. Es war die Tür des Zimmers, in dem die Sofas standen, denn als ich die Klinke ganz langsam heruntergedrückt hatte und die Tür einen Spalt offenstand, hörte ich meinen Onkel Alexander schlafen. Er lag noch angekleidet auf dem Sofa, den Mund offen und die Knie ein wenig angezogen. Seine Arme hingen schlaff herab, so daß die Hände den Boden berührten. Ich konnte ihn jetzt sehr gut erkennen und sah, daß er ein schwarzes Jackett trug und eine Hose ohne Umschlag; Nadelstreifenhose nennt man so eine Hose, und die Leute tragen sie bei einer Hochzeit oder einer Beerdigung, oder wenn sie ganz alt geworden sind, wie mein Onkel Antonin Alexander.

Weil ich Angst hatte, er würde aufwachen, zog ich die Tür langsam zu, damit das Schloß nicht klickte, und ging wieder in mein kleines Zimmer hinauf.

Und da sah ich die Bücher, Paul Sweeloos Bücher. Es waren nicht sehr viele, und von den meisten konnte ich damals die Titel noch nicht lesen, aber sechs Jahre später, als ich im selben Zimmer schlief, habe ich sie mal notiert. Das erste in der Reihe war ein *Deutsches Jahrbüchlein für Zahnärzte 1909*.

Darin stand: für Paul Sweeloo, von …, aber das konnte ich nicht lesen. Daneben ein Band der gesammelten Werke von Bilderdijk – für Paul Sweeloo von Alexander, deinem Freund. Ich verstand damals nicht recht, wie das Buch dort hinkam, denn, dachte ich, wenn man ein Buch verschenkt, behält man es doch nicht selbst.

Das nächste war die *Kritik der reinen Vernunft* – von Immanuel Kant – für Paul Sweeloo, von deinem dir zugetanen …, und wieder konnte ich es nicht lesen.

So ging es weiter. – *Histoire de la Révolution Française*, sieben Bände, von Michelet. *Die Architektur und ihre Hauptperioden*, von Henri Eevers, *Le rouge et le noir* von Stendhal; die *Briefe* von Cd. Busken Huet, herausgegeben von seiner Frau und seinem Sohn, und schließlich ein ganz kleines, altes Büchlein, *Dell' Imitazione di Cristo. Di Tomasso da Kempis.*

In allen Büchern stand immer wieder »Für Paul Sweeloo«, aber die Namen hinter »von« waren unleserlich.

Ich warf einen Blick auf das Bild, wie hilfesuchend, doch der indonesische Junge starrte mich merkwürdig an, und plötzlich wurde mir klar, daß ich in seine Bücher sah. Bist du Paul Sweeloo? dachte ich und stellte die Bücher wieder in den Schrank zurück, so daß sie mit ihren Rücken genau auf einer Linie stan-

den. Nachdem ich das getan hatte, merkte ich, daß meine Hände von dickem grauem Staub bedeckt waren.
Auf dem untersten Regal des Bücherschranks stand ein großer Kasten, und da ich, wenn ich auf den Fersen hockte, das Bild mit den großen Augen doch nicht sehen konnte, hob ich vorsichtig den Deckel. Ein Grammophon.
Es lag noch eine Platte darauf, »Die Gralserzählung«, Arie aus *Lohengrin*, von Richard Wagner. Neben der Platte lag eine Kurbel, die man außen in den Kasten stecken und dann drehen mußte, um Musik zu bekommen. Ich wedelte mit meinem Taschentuch den Staub von der Platte und begann zu kurbeln. Die Musik war laut und ergriff bösartig Besitz vom Zimmer, als wäre ich gar nicht mehr da.
Weil die Platte so laut spielte, hörte ich meinen Onkel Alexander erst, als er dicht vor meiner Tür war. Er ging schnell und keuchte und schrie: »Ausmachen – du mußt die Platte ausmachen.«
Und er stieß mich beiseite und schob den schweren Arm mit der Nadel wild oder vielleicht auch nur ängstlich von der Platte, so daß ein großer Kratzer entstand und die Musik mit einem Kreischer aufhörte, plötzlich.
Mein Onkel Alexander wartete, bis sein Keuchen weniger wurde; dann nahm er vorsichtig, fast scheu die Platte hoch und stellte sich mit ihr in eine Ecke des Zimmers.
»Ein Kratzer«, murmelte er, »die Platte hat einen Kratzer«, und als wäre es Staub, versuchte er, den Kratzer mit einer Manschette seines weißen Hemds wegzuwischen. Ich zog die Kurbel ab und legte sie in den Kasten. Dann ging ich hinunter.
Auf der Straße spielten Kinder. Von der Terrasse aus konnte ich sie rufen hören:

Wer spielt mit uns Zauberhexe
Wer spielt mit uns Zauberhexe

Durch die Sträucher hinter dem Zaun konnte ich sie gut sehen. Das Mädchen war braun, mit ganz langem hellblondem Haar und einem hellblauen Kleid ohne Ärmel. Der Junge war klein und hatte ein dünnes, ältliches Gesicht mit grauen Augen. Er hinkte.

Als das Mädchen zu dem Teil des Zaunes kam, hinter dem ich stand, trat ich aus dem Gebüsch hervor und sagte: »Ich möchte gern mitspielen, aber ich weiß nicht, wie es geht.«

»Wer bist du?« fragte sie.

»Ich bin Philip Emanuel.«

»Das ist ein alberner Name«, sagte der Junge, der sich dazugestellt hatte, »und du darfst nicht mitspielen, du hast Mädchenhaare.«

»Das stimmt nicht«, sagte ich, »ich bin ein Junge.«

»Das stimmt *wohl*«, sagte er und begann in quengelndem Ton zu singen:

Philip hat Mädchenhaar
Philip ist do-of
Philip darf nicht mitspielen.

»Laß das«, sagte das Mädchen, »hör auf, er darf *wohl* mitspielen.«

»Darf er nicht.«

»Verschwinde«, sagte sie, und zu mir: »Kommst du mit?«

»Wohin?« fragte ich, aber sie zog die Brauen ganz hoch, so daß ihre Augen riesengroß wurden, und antwortete: »Nach Afrika natürlich.«

»Aber das ist doch viel zu weit.«

»Och, du Blödmann«, schrie der Junge, »Afrika ist gar nicht weit, es ist hier um die Ecke, in der anderen Straße.«

»Halt den Mund«, sagte das Mädchen, »halt deinen großen, dämlichen Mund.«

»Kommst du mit?« sagte sie zu mir, und ich kletterte über den Zaun und ging mit ihr die Straße hinunter.

»Wenn er mitgeht, komm ich nicht mit«, schrie der Junge böse, »der hat nämlich Mädchenhaare und weiß nicht mal, wo Afrika liegt.«

Ich habe keine Mädchenhaare, wollte ich sagen, und ich weiß sehr wohl, wo Afrika liegt, um die Ecke, in der anderen Straße, aber sie sagte: »Er geht mit.« Und wir gingen zusammen los, während der Junge beim Zaun stehenblieb und mit einemmal zu schreien begann: »Philip geht mit Ingrid. Philip geht mit Ingrid.« Wir drehten uns nicht um, und ich sagte zu ihr: »Stimmt das?« »Ich weiß nicht«, sagte sie, »darüber muß ich erst nachdenken; hier um die Ecke ist Afrika.« Es war ein Stück Land, auf dem in Kürze Häuser gebaut werden würden, es stand da ein großes Schild: Hier entstehen Häuser. Zu verkaufen. Ingrid spuckte auf das Schild. »Mistschild«, sagte sie.

Die Erde war voller Kuhlen, und vor uns lag eine große Pfütze mit schleimigen hellgrünen Wasserpflanzen. Ferner gab es hier und da Flächen mit gräulichem hartem Sand und einen kleinen Hügel aus fettiger gelber Erde, Lehm, denke ich, aber es standen auch Sträucher da und scharfes, hohes Gras, dazwischen an manchen Stellen Bärenklau und Hahnenfuß.

Ingrid ging auf einem schmalen Pfad vor mir her durch Afrika und schlug mit einem Stock gegen die trockenen Blätter der Sträucher, so daß große Fliegen brummend aufflogen.

Bei einer kahlen, freien Fläche setzten wir uns.

»Hast du Proviant?« fragte sie. Aber ich hatte natürlich nichts dabei. »Dann müssen wir erst Proviant besorgen«, beschloß sie, und wir gingen einen anderen Pfad entlang, bis wir zu den Häusern kamen.

»In dem Laden da«, sagte Ingrid, »haben sie keinen losen Lakritz, nur welchen in Rollen. Jetzt mußt du fragen – haben Sie auch losen Lakritz?«

»Warum?« fragte ich, »wenn sie doch keinen haben.«

»Sag ich dir nicht«, sagte sie, »sonst traust du dich nicht mehr.«

»Ich trau mich wohl«, sagte ich. »Wenn ich's tu, bin ich dann dein Freund?«

Sie nickte.

Wir gingen hinein, und nachdem die Glocke geläutet hatte, erschien eine dicke Frau in einem blanken schwarzen Kittel.

»Haben Sie bitte losen Lakritz?« fragte ich.

Aber sie hatte keinen.

Draußen rannte Ingrid auf einmal los, bis wir um die nächste Ecke gebogen waren.

»Schau«, sagte sie, als wir stehenblieben, und sie öffnete vorsichtig ihre Hand einen Spaltbreit, und ich sah, daß sie die Hände voller Rosinen hatte, die sie jetzt vorsichtig in ihre Kleidertaschen gleiten ließ.

»Jetzt bin ich dein Freund«, sagte ich, und ich gab meiner Freundin Ingrid die Hand, und wir gingen zurück nach Afrika und aßen die Rosinen auf, auf dem gelben Hügel, so daß wir ganz Afrika sehen konnten, bis an die Grenzen.

Meine Freundin Ingrid sagte nichts mehr und sah mich nur an. Sie bewegte den Kopf ganz sacht, so daß ihre Haare über die Arme glitten. Aber es war, als bewegten sich ihre Augen nicht mit. Während auch ich sie unverwandt ansah, deutete ich mit der Hand nach rechts und sagte: »Die Blumen da, das ist Wiesenschaumkraut.«

Aber meine Freundin Ingrid blieb still und sah mich an. So kam es, daß wir beide eine Klingel in der Ferne hörten. Sie stand auf und ich auch. »Das ist die Klingel von unserem Haus«, sagte sie, und dann: »Ja, ich will mit dir gehen«, und mit noch offenem Mund küßte mich meine Freundin Ingrid ganz schnell, so daß mein Mund naß wurde und ich ihre Zähne spüren konnte. Danach rannte sie schnell davon. Ich machte mich erst später auf und fand den Weg mühelos, denn sie hatte überall Blätter von den Sträuchern und von den Gartenhecken abgestreift.

Beim Haus meines Onkels Alexander war ein Zettel auf eine Zaunspitze gespießt. Ich faltete ihn auseinander und las: »Dein Onkel ist ein Schwuler.« In dem Augenblick kam mein Onkel Alexander den Gartenweg herunter, und ich stopfte das Papier in meine Tasche. »Wo warst du?« fragte er. »In Afrika, Onkel«, sagte ich. »Mit meiner Freundin Ingrid.« »Es ist Zeit für deinen Zug«, sagte er. »Hier ist dein Köfferchen«, und er verschwand wieder im Garten.

Es war zur gleichen Jahreszeit, nur sechs Jahre später, als ich zum zweitenmal zu meinem Onkel Antonin Alexander kam, diesmal um zu bleiben. Ich reichte jetzt zwar an die Klingel, doch weil ich dachte, er würde wohl auf der Terrasse sitzen, ging ich ums Haus. Als erstes sah ich die Hände.

»Bist du das, Philip?« fragte er.

»Ja, Onkel«, sagte ich.

»Hast du mir etwas mitgebracht?«

Ich gab ihm die Rhododendronblüten, die ich im Nachbargarten abgeschnitten hatte.
»Ich weiß das außerordentlich zu schätzen«, sagte er und machte im Sitzen, denn er war jetzt noch älter geworden, eine kleine Verbeugung, so daß sein Kopf für einen Augenblick ins Licht rückte.
»Setz dich«, sagte er, aber es war kein Stuhl da, und so setzte ich mich zu seinen Füßen auf die Holzstufen der Terrasse und wandte ihm den Rücken zu.
»Dieser Junge, der gesagt hat, daß du Mädchenhaar hast, der hatte recht«, hob die Stimme hinter mir an. »Daß der Junge das gesagt hat, war eine Verteidigung – merk dir das gut. Die Menschen müssen sich gegen das Fremde verteidigen.« Er hielt kurz inne, und der Garten und der Abend regten sich um uns.
»Es gibt eine alte Geschichte vom Paradies. Wir kennen sie alle sehr gut, und das ist nicht verwunderlich, denn der einzige wirkliche Grund unseres Daseins besteht darin, wieder ins Paradies zu gelangen, obwohl das nicht möglich ist.« Er keuchte leise. »Aber wir können ihm ganz nahe kommen, Philip, näher, als die Menschen glauben. Doch sobald sich jemand dem nicht existierenden Paradies nähert, beginnen die Leute, sich gegen ihn zur Wehr zu setzen, denn merkwürdigerweise stehen ihre Augen falsch, die Linsen sind falsch geschliffen, denn je mehr ich mich diesem unmöglichen Zustand der Vollendung nähere, um so kleiner werde ich – doch indem ich kleiner werde, werde ich in ihren Augen größer, werde etwas, wogegen sie sich zur Wehr setzen müssen, denn die Leute ziehen immer die falschen Schlußfolgerungen.
Wenn ich Ringe trage«, und er hob die Hände mit den Ringen, von denen ich mittlerweile wußte, daß es Messing und Glas war,

in die Höhe, »sagen sie, daß es eitel ist und daß ich meiner Eitelkeit nachgegeben habe. Aber der Eitelkeit nachzugeben, das gibt es nicht; es gibt nur den Verzicht auf diese Eitelkeit, und das nenne ich Abbröckeln. Ich bröckele ab, denn ich opfere meine Eitelkeit, und dadurch werde ich kleiner. In ihren Augen werde ich merkwürdig und dadurch größer, doch für mich selbst werde ich, je länger es dauert, um so normaler und dadurch kleiner. Es ist das gleiche wie bei Inseln. Je kleiner die Insel, desto größer die Exklusivität – doch die kleinste Insel ist schon fast das Meer. Und nicht die Leute um uns herum sind das Meer, sondern der Gott, der wir werden wollen, den wir vor uns sehen und der unseren Namen trägt, ist das Meer – wir leben in einem fort gegen unser eigenes Gottsein an. Das darfst du nicht vergessen. Verstehst du, was ich meine?« fragte er.

»Nicht ganz, Onkel«, sagte ich.

»Ich bin sehr müde«, sagte er und fuhr dann fort, jetzt aber sehr langsam. »Wir sind geboren, um Götter zu werden, und zugleich, um zu sterben; das ist verrückt. Das zweite ist für uns nur schrecklich, weil wir dadurch das erste nie erreichen können. Aber das erste ist für die anderen etwas Schreckliches. Ein Gott ist etwas Schreckliches, weil er vollkommen ist. Und nichts fürchtet der Mensch so sehr wie das Vollkommene und das Merkwürdige, das heißt: einen Abglanz der Göttlichkeit, diese unendliche Skala an Möglichkeiten, darunter auch die merkwürdigsten. Aber wir bleiben trotzdem immer irgendwo stecken, es ist hart, das zugeben zu müssen.«

Er hielt inne, weil er nicht mehr sprechen konnte, doch wenig später sagte er sehr deutlich: »Und dann gibt es auch noch so etwas wie Ekstase.«

»Verstehst du das?« fragte er, »was ich jetzt gesagt habe?«

Ich glaube nicht, dachte ich und sagte: »Ein wenig.«
Er nahm die Blüten von seinem Schoß und stand auf. »Komm«, sagte er, »wir feiern jetzt ein Fest.« Ich legte mich auf mein Sofa und er sich auf das seine.
»Oh verdammt«, hörte ich ihn sagen, »du bist so sterblich, du, aber du darfst nie aufhören, versprich mir das, du darfst nie aufhören, wahnsinnig zu sein und zu versuchen, ein Gott zu werden.«
Ich hörte, wie er lachte und dann leise zu singen begann:

Où allez vous?
Au Paradis!
Si vous allez au Paradis je vais aussi.

»Sag das zu mir«, rief er, »sag schon.« Und ich sang: »Où allez vous?«, und er antwortete sehr eindringlich: »Au Paradis.«
»Si vous allez au Paradis je vais aussi«, antwortete ich, und danach holte mein Onkel Alexander das Köfferchen, und wir nahmen den Bus nach Loenen und von dort nach Loosdrecht. Das flache Land lag ruhig wie immer unter dem Abend, und nachdem wir das Segeltuch auf dem Gras ausgebreitet hatten, weil es so naß war, tranken wir von dem Courvoisier und sprachen nicht mehr.
Später, als es Nacht war, gingen wir zur Bushaltestelle auf dem Deich, und diesmal war kein Mädchen mit rotem Mantel da. Im Bus setzte sich mein Onkel Alexander neben mich und sagte: »Jetzt war sie nicht da, dieses Mädchen, das den Jungen auf den Mund geküßt hat, aber für uns war sie noch da, denke ich, denn die Dinge, die uns umgeben, bleiben erfullt von unseren Erinnerungen.«

»Trotzdem ist ein Mund nicht das Wichtigste – das sind die Hände. Hände sind das Schönste.«

Auf der Straße, nachdem wir ausgestiegen waren, sagte er: »Heute nacht werde ich für dich spielen«, und als wir nach Hause gekommen waren und er sich ans Cembalo setzte, schien er nicht mehr müde zu sein.

»Partita Nummer zwei«, rief er, »Sinfonia«, und während er sich wie ein großer zerzauster Vogel über die Tasten duckte, flüsterte er: »Grave adagio.«

Ich lag auf meinem Sofa, den Kopf ihm zugewandt, und lauschte dem kleinen, wehmütigen Klang der Tasten, die an die Saiten schlugen, und dem Schnaufen meines Onkels Alexander.

»Allemande«, sagte er, »Allemande, Courante, Sarabande – siehst du sie tanzen, schön, schön.«

Plötzlich dachte ich, daß ich keinen Menschen so sehr liebte wie meinen Onkel Antonin Alexander, als ich sah, wie er das Rondo spielte und mir einen Augenblick lang den Kopf mit den großen grünen Augen zuwandte und flüsterte: »Vivace, siehst du das? Oh.«

Nach dem letzten Teil, dem ungestümen Capriccio, blieb er mit hängenden Armen sitzen. »Ich sollte weiterspielen, aber ich kann nicht mehr«, sagte er. Kurz darauf stand er auf, und auch ich erhob mich von meinem Sofa. Seine Augen leuchteten wieder und waren tief wie Wasser, als er sagte: »Dies ist Herr Bach, Johann Sebastian Bach.«

Ich verbeugte mich und tat, als schüttelte ich eine Hand.

»Und dies ist Vivaldi«, sagte mein Onkel und deutete ins Zimmer, »Antonio Vivaldi – Domenico Scarlatti«, und er nannte all die anderen Namen: »Geminiani, Bonporti, Corelli«, und ich verbeugte mich und sagte: »Sono tanto felice … Philip, Philip Emanuel Vanderley. Es ist mir eine Ehre, es ist mir ein Vergnügen.« Nachdem ich allen die Hand gegeben hatte, fragte ich, ob ich ins Bett gehen dürfe. »Ja«, sagte mein Onkel Alexander, »du mußt ins Bett. Es ist spät geworden, weil sie alle gekommen sind. Geh nur nach oben; es ist die vierte Tür auf dem Flur.«

Das Zimmer hatte sich nicht verändert, und als ich am Morgen aufwachte, sah ich die Bücher noch so dastehen, wie ich sie zurückgelassen hatte, und ich sah auch wieder die Rhododendronblüten neben meinem Bett, und ich dachte, wie es wohl sein mochte, wenn mein Onkel Alexander mich nachts ansah, während ich schlief, aber schließlich dachte ich, daß der Junge auf dem Bild ja auch die ganze Nacht da war, an der Wand.

Er war noch da, nur war er, fand ich, womöglich noch hübscher geworden.

Und plötzlich war es, als sagte er zu mir: »Ich habe ein Geheimnis.«

Ich sah ihn an, aber er war mir wieder fremd geworden und sehr fern – und doch schien mir, als wäre er sich gerade mit der Hand durchs Haar gefahren.

Ich klappte den Deckel des Grammophons auf und holte die Kurbel heraus. Danach zog ich das Grammophon auf, und nachdem ich die Nadel auf die Platte gesetzt hatte, ging ich zur Tür, um das Herbeieilen meines Onkels Alexander mitzubekommen. Seine schnellen Schritte auf der Treppe waren jetzt durch das falsche Geheul des Tenors und das scheußliche Ticken des Kratzers hindurch zu hören.

Er stieß die Tür auf – sein Gesicht war rot und fleckig, und ich konnte sehen, daß seine Handflächen naß waren. Ja, und sein Mund stand offen, und an seinen Winkeln war Speichel.

Aber trotzdem schrie mein Onkel Alexander nicht, und als ich die Platte abgestellt hatte, sagte er: »Ich werde dir alles erzählen.«

Der Junge an der Wand bewegte vielleicht den Mund, aber das kann ich mir auch eingebildet haben; jedenfalls gingen wir hinunter in den Garten und setzten uns auf eine Bank, die Füße im nassen, hohen Gras.

»Er hieß Paul Sweeloo«, begann mein Onkel Alexander, »und er machte hier mit seinem Vater lange Urlaub von Niederländisch-Indien. Seine Mutter war eine Eingeborene, aber ich glaube, sie war tot, jedenfalls war sie nicht mit dabei, und Paul sprach nie von ihr.

Er wohnte in diesem Haus, aber der Garten war damals viel größer und grenzte an meinen, der dort lag, wo jetzt diese neuen Häuser stehen. Ich sah ihn oft darin herumgehen, und weil er glaubte, daß niemand da war, sprach er immer laut – ich konnte es nicht verstehen, weil er nicht nahe genug an den Zaun kam. Ich konnte aber sehen, daß er nie lachte und daß er immer irgend etwas zwischen seinen Händen kaputtmachte oder Blätter abriß. Ich traute mich nie zu rufen, aber einmal ging er so dicht an meinem Garten entlang, daß ich ihn hören konnte. ›Es ist niemand da‹, sagte er, ›es ist überhaupt niemand da.‹«

Mein Onkel Alexander rutschte auf der Bank hin und her und ließ die Füße im Gras baumeln, so daß es raschelte.

»Ja«, sagte er, »und weil ich dann doch etwas gesagt habe, sitze ich jetzt wohl hier auf seiner Bank – ich sagte nämlich: ›Das stimmt nicht. Ich bin da.‹

Der Junge drehte sich um, und ich sah, daß er die Augen eines Tiers hatte, eines Raubtiers – schwarze Augen –, und als sie mich in meinem Garten gefunden hatten, ließen sie mich nicht mehr los. Er verzog den Mund und schüttelte wild den Kopf. ›Wer bist du denn?‹ sagte er und kam näher, ›ich kenne dich ja nicht.‹

›Ich bin von dem Haus hier nebenan‹, antwortete ich und kletterte über den Zaun. Er half mir auf die Erde, denn ich konnte nicht gut klettern.

›Du bist schon ein alter Mann‹, sagte er, ›du hast ja schon ein bißchen graues Haar. Warum sprichst du mit mir?‹

›Du solltest nicht barfuß herumlaufen‹, sagte ich, ›das Gras ist viel zu naß.‹

›Was macht das schon. Schau‹, und er zeigte mir die Hornhaut unter seinen Füßen, ›in Indien gehe ich immer barfuß.‹ Und mit einemmal stampfte er mit dem Fuß auf. ›Geh raus aus meinem Garten – du bist ein alter Mann!‹ Das ist schon vierzig Jahre her, aber er war damals zehn und ich folglich viel älter.

›Dann hilf mir über den Zaun‹, bat ich ihn.

›Nein‹, sagte er. ›Das kannst du auch selbst.‹ Aber es war ein hoher Zaun, und ich hatte Angst, ich könnte fallen, weshalb er dann lachen würde, und darum sagte ich: ›Ich hab was an meinem Bein.‹

Er trat vor, um mir zu helfen, und ich spürte, wie stark er war, als er seine Hände zu einem Tritt für meine Füße verschränkte.

›Deine Hände werden schmutzig von meinen Schuhen.‹

›Dann zieh sie doch aus‹, sagte er ungeduldig, ›oder hast du vielleicht Angst, daß deine Füße naß werden?‹ Das war es nicht, aber ich dachte, daß meine Füße neben den seinen lächerlich alt und weiß aussähen.

›Laß nur‹, sagte ich. ›Ich klettere allein hinüber.‹ Natürlich fiel ich auf meiner Seite des Zauns herunter, aber als ich hoch-

schaute, ob er womöglich lachte, war er verschwunden. ›He‹, rief ich, ›komm nur raus, ich seh dich ja doch.
Ich bleibe hier stehen, bis du rauskommst‹, rief ich wieder. ›Ich bleibe hier die ganze Zeit stehen.‹«

»Ja«, sagte mein Onkel Alexander, »ich blieb da stehen und dachte, wie lächerlich ich in seinen Augen aussehen mußte, der irgendwo wie ein Jäger im Gebüsch saß und mich belauerte. Meine Hose war zerrissen, und es hatte leicht zu regnen begonnen – allmählich wurde ich kalt und naß. Plötzlich kam auch noch Wind auf, so daß der Baum, unter dem ich stand, seine Tropfen über mich versprühte, doch die Bäume in seinem Garten bewegten sich nicht, und als ich mich umschaute, sah ich, daß auch die Bäume in meinem Garten reglos dastanden unter dem leisen, schleierartigen Regen – und er begann über meinem Kopf zu lachen und noch fester an den Ästen zu rütteln.

›Komm runter‹, rief ich, ›du fällst gleich.‹

›Ich falle nie‹, rief er und glitt herunter wie ein geschmeidiges Tier.

›Du mußt zum Essen‹, sagte er, ›ich habe einen Gong gehört in deinem Haus.‹

›Kommst du mit?‹ fragte ich und dachte, er würde es nicht tun, aber er sagte ›warum nicht‹, und wir gingen in mein Haus, um zu essen. Bei Tisch sagte er nichts, und auch ich wußte nicht recht, was ich zu ihm sagen sollte, und mitten während des Essens stand er plötzlich auf und sagte: ›Jetzt muß ich zum Essen nach Hause, tschüs.‹ Und er ging aus dem Zimmer und zog die Tür hinter sich zu. Am nächsten Tag saß ich in meiner Laube, die auf der Seite zu seinem Garten stand, aber ich sah ihn nicht, und auch an den darauffolgenden Tagen nicht, so

daß ich dachte, er sei vielleicht wieder zurück, nach Niederländisch-Indien. Doch nach einer Woche war er plötzlich wieder da. Ich saß in meinem Gartenhäuschen, als ich ihn rufen hörte: ›Huhu‹, rief er und ließ seine Stimme überschlagen, wie Kinder es tun, wenn sie einander rufen. ›Huhu. He, wo bist du.‹
Seine Erscheinung überraschte mich, denn er trug glänzend geputzte hohe Schuhe, lange schwarze Strümpfe und einen neuen, steifen Matrosenanzug.
›Warum bist du so hübsch?‹ fragte ich.
Er zuckte mit den Achseln. ›Ich wollte heute Geburtstag haben.‹
›Hast du denn Geburtstag?‹
›Nein, natürlich nicht, du Dussel, ich sag doch: Ich wollte Geburtstag haben. Du mußt heute nachmittag auch kommen und lauter Leute mitbringen. Mein Vater ist nicht zu Hause, und du mußt mit all den Leuten kommen, denn auf einem Geburtstag sind doch immer ganz viele Leute, und die bringen dann Sachen mit.‹
›Wen soll ich denn mitbringen‹, fragte ich ihn.
›Na, deine Freunde. Du hast doch Freunde, und die kommen dann, und die sind genauso alt wie du.‹
›Aber ich habe keine Freunde‹ – mich packte Verzweiflung.
›Lügner‹, sagte er und stampfte heftig auf.
Er war jetzt sehr hübsch, weil seine Augen sich groß und weit öffneten, ›du lügst, du hast *wohl* Freunde.‹«
Mein Onkel Alexander seufzte. »Es war sehr schwierig«, sagte er, »aber ich habe dann gesagt, daß ich zwar möglicherweise ein paar Freunde hätte, die aber an einem ganz normalen Wochentag nicht kommen könnten. Du hättest ihn sehen sollen. Er wurde immer hübscher vor lauter Zorn und schrie: ›Dann bekomme ich ja nur was von dir.‹

›Nein, natürlich nicht‹, sagte ich schnell, ›meine Freunde geben mir doch etwas mit, wenn sie selbst nicht kommen können.‹ Er legte den Kopf schief und kniff die Lippen zusammen.
›Ehrlich?‹ fragte er.
›Was geben sie dir denn mit? Ich hätte gern Bücher, in denen vorn drinsteht, daß sie für mich sind.‹
›Was für Bücher?‹ fragte ich. Aber er zuckte mit den Achseln: ›Das ist doch egal. – Nein‹, besann er sich schnell, ›am liebsten große, oder äh, deutsche.‹
›Kannst du die denn lesen?‹ fragte ich.
›Ach, laß mich in Ruhe‹, sagte er und ging zu seinem Haus. Unterwegs drehte er sich noch einmal um und rief: ›Um halb vier!‹
›Bis halb vier!‹ rief ich zurück.
Am Nachmittag hatte er seinen Matrosenanzug wieder ausgezogen. ›Er tut mir am Hals weh und kribbelt überall. Und du kommst ja doch nur allein – was ist in dem Koffer drin?‹
›Die Geschenke meiner Freunde.‹
›Sind es viele?‹ fragte er. ›Das ist ein großer Koffer, aber natürlich ist er nicht voll.‹ Ich ließ das Schloß aufschnappen. Der Koffer war voller Bücher – die Bücher, die du oben gesehen hast.
Er fuhr mit der Hand darüber.
›Das alles‹, flüsterte er, ›das alles‹, und er wippte auf den Füßen hin und her und sagte dann wieder zu mir: ›Das alles?‹
Er holte sie nun einzeln heraus und stellte sie in eine Reihe. ›Wer hat dir die alle geschenkt?‹ fragte er, und ich erfand die Freunde, die ich nicht hatte, und wie schade sie es gefunden hätten, daß sie nicht selbst kommen konnten. Unterdessen zählte er die Bücher. ›Mein Gott‹, sagte er, ›sind das viele. Aber das hier sind sieben gleiche, diese deutschen da.‹

›Es sind französische‹, sagte ich, ›und sie sind nicht genau gleich, es sind verschiedene Bände eines Buches.‹

›Wirklich?‹ fragte er.«

Mein Onkel Alexander sah mich an, als erwarte er, daß ich etwas sagen würde. Aber das tat ich nicht, weil ich Angst hatte, daß er dann nichts mehr von dem Grammophon erzählen würde. So blieb es still, bis er sagte: »Das war's.«

»Und das Grammophon?« fragte ich.

»Nein«, sagte mein Onkel Alexander.

Erst viel später erzählte er weiter. »An jenem Nachmittag feierten wir das Fest seines Geburtstages. Ich saß auf einem Stuhl am Fenster, denn ich durfte ihm nicht helfen. Er war dabei, die Seiten seiner Bücher zusammenzuzählen, und dachte, ich würde vielleicht einen Fehler machen, und dann wüßte er es nicht genau. Und so sah ich ihn dasitzen – er hatte mich vergessen, denke ich, denn er biß sich mit den Zähnen auf die Lippe, und von Zeit zu Zeit brummte er leise und trat mit den Füßen gegen den Tisch.

Einen Monat später stand das Haus zum Verkauf, weil sie wieder nach Niederländisch-Indien zurückgingen, sein Vater und er. Ich kaufte es, und als er weg war, habe ich die Bücher gefunden, zusammen mit den anderen Sachen im Zimmer.«

»Und das Grammophon?« fragte ich.

»Nein«, sagte mein Onkel Alexander.

»Und er?«

»Das weiß ich nicht«, sagte mein Onkel Alexander, und er stand auf und ging ins Haus. Er schloß die Terrassentüren hinter sich.

Ich blieb zwei Jahre bei meinem Onkel Alexander, und ich lernte viel von ihm, weil er so alt war. Und dann, nach zwei Jahren, eines Abends im Mai, fragte ich ihn, ob ich wegdürfe, nach Frankreich.

An dem Abend, bevor ich weggehen würde, sah ich plötzlich, daß das Cembalo verschwunden war.
»Wo ist das Cembalo?« fragte ich.
Mein Onkel Antonin Alexander stand auf dem Platz, an dem das Instrument gestanden hatte.
»Manchmal bin ich sehr müde, wenn ich gespielt habe«, sagte er, »sehr, sehr müde, und ich bin alt geworden. Du bleibst lange fort, und vielleicht möchte ich noch dasein, wenn du zurückkommst. Gute Nacht.«
Am nächsten Morgen fand ich wieder Rhododendronblüten neben meinem Bett, es waren violette, und auch einen Hundertguldenschein – ja, und als ich durch das Zimmer im Erdgeschoß ging, um den ersten Zug nach Breda zu erreichen, sah ich, wie mein Onkel Alexander mit halb geöffnetem Mund und angezogenen Knien auf dem Sofa schlief, und ich sah, daß seine Hand über dem Fußboden gestikulierte.
Draußen war es alt und neblig über den Dingen, und das Haus stand hoch und häßlich zwischen allem.
Und ich bin nicht an den Häusern vorbeigegangen, die man auf Afrika gebaut hat.

2 Ach ja, das Reisen per Anhalter! Es war gar nicht so einfach, in die Provence zu kommen. Zum Beispiel gab es da diesen Mann in dem alten Skoda, vor Antwerpen.

»Wie viele Kühe sind das«, fragte er, »dort auf der Wiese?«

»Ich weiß nicht«, antwortete ich, »so schnell kann ich nicht zählen.«

»Sechsunddreißig«, rief er triumphierend, »zünd mir mal eine Zigarette an.«

Ich steckte ihm die Zigarette zwischen die grauen Lippen und gab ihm Feuer. Er inhalierte tief und blies den fetten Rauch an die Windschutzscheibe und in mein Gesicht und sagte: »Gut geräuchert hält länger. Haha.« »Aber das mit den Kühen, das ist ganz einfach«, er schnalzte mit den Fingern, was jedoch nicht so leicht ging, da sie sehr dick waren. »Sehr einfach. Du zählst die Beine und teilst sie durch vier« – und er sah zu mir, ob ich lachte, und so lachte ich.

»Haha«, brüllte er, »hast du nicht gekannt, was? Guter Witz, sechs Bärte. Du hast so schönes langes Haar – na, du spielst bestimmt manchmal mit kleinen Jungs«, und er kniff mich sanft ins Bein.

»Ich will aussteigen«, sagte ich.

Er bremste so heftig, daß ich mit der Stirn an die Windschutzscheibe stieß.

»Raus«, sagte er, »hau ab. Aber schnell.«

Ich schnappte mir meinen Rucksack von der Rückbank, und als er irgendwo hängenblieb, riß der Mann ihn los und knallte ihn mir vor den Latz. Ich rannte, bis ich die Tür zuschlagen hörte. Aber er schrie noch durch das Fenster: »Tunte, Tunte«, und erst dann fuhr er davon. Ich zitterte sehr, glaube ich. Aber ich mußte weiter und hob wieder den Daumen. Und jetzt soll mich keiner fragen, am wievielten Tag nach dem Tag, an dem dies geschehen war, ich mit dem Mädchen Jacqueline, deren Nachnamen ich nicht kannte, auf der Place du Forum in Arles tanzte. Sie hieß Jacqueline, denn die Mädchen und die Jungs, die um uns herum tanzten, riefen: »Bon soir, Jacqueline«, und sie rief: »Bon soir, Ninette, bon soir, Nicole«, und dann lachte sie mich an, und wir tanzten weiter – und ihr Haar bewegte sich im Tanz, rötlich und offen. Wir tanzten ununterbrochen miteinander, und später am Abend schmiegte sie sich enger an mich und legte die Hände auf meinen Rücken oder in meinen Nacken.

»Vous partirez demain, Philippe?« sagte sie.

»Oui.«

»Alors vous ferez un grand voyage?«

»Je ne sais pas.«

Die meisten Leute waren gegangen, und mit einigen anderen Paaren tanzten wir vor der großen Mistral-Statue zu den Klängen einer Ziehharmonika, und die Musik war traurig, denn Arles, in anderen Nächten schweigsam und in viele Erinnerungen zurückgezogen, ging mit der Melodie ein bedrückendes Bündnis ein, und gemeinsam drängten sie sich jetzt mit ihrem Heimweh und ihrer Wehmut immer enger um uns, die kleine Gruppe der Tanzenden unter den Laternen.

»Du darfst mich nicht küssen, wenn du mich nach Hause bringst«, sagte sie, »wirst du es lassen?«

»Ja«, sagte ich, »ich werde dich nicht küssen.«

»Und du darfst auch nicht nach dem Straßennamen schauen«,

flüsterte sie, »und nicht nach der Hausnummer. Du sollst mich nicht vergessen, aber du darfst mir nicht schreiben, wir sind nur Passanten auf einer belebten Straße, und du darfst nie wiederkehren, denn du bringst kein Glück.«
»Warum nicht?« fragte ich.
»Ich glaub das einfach«, antwortete sie, »du bist als altes Kind geboren«, und sie strich mit ihren Fingern über meinen Mund, »du wirst nichts erleben, sondern dich nur erinnern, du wirst niemanden kennenlernen, es sei denn, um Abschied zu nehmen, und du wirst keinen Tag leben, ohne an den Abend zu denken oder an die Nacht.«
Wir durchbrachen den Kreis der Leute und der Musik und gingen durch Straßen, in denen ich noch nicht gewesen war; und weil sie mich darum gebeten hatte, schaute ich nicht auf den Namen der Straße, in der sie stehenblieb.
Sie zog mich an sich und sagte: »Du mußt jetzt gehen, ich drehe mich nicht um, denn ich sehe zu, wie du die Straße hinuntergehst«, und sie legte ihre Hände auf mein Gesicht, als hoffte sie, daß sie es dadurch nicht mehr vergäße, weil es sich als Form in ihren Händen erhielte, und danach schob sie mich sanft von sich – bis ich eine volle Armlänge von ihr entfernt stand.
»Dreh dich um«, sagte sie, »du mußt jetzt gehen«, und ihr Gesicht sah plötzlich verloren aus im gelben Licht der Laternen vor dem Haus, »dreh dich um«, sagte sie, »dreh dich um«, und als ich mich umdrehte, sah ich noch, daß ihr Haar sich im Wind sanft auf und ab bewegte, doch langsam begann ich meinem seltsamen schmalen Schatten nachzugehen, an den Häusern vorbei, die Straßen entlang, zur Promenade des Lices, und von dort ging ich zur Avenue des Alyscamps, die sich langsam zum alten römischen Friedhof senkt. Zypressen stehen dort, stolz

und geheimnisvoll, und der Mond schien gefährlich und bläulich auf die Sarkophage. Ich stand an ein Grab gelehnt und spürte, wie die Kälte des Steins in meinen Körper zog, und plötzlich hörte ich eine verstörende alte Stimme, die hinter mir sagte:

Dans Arles, où sont les Alyscamps,
quand l'ombre est rouge, sous les roses
et clair le temps

prends garde à la douceur des choses
lorsque tu sens battre sans cause
ton cœur trop lourd

et que se taisent les colombes
parle tout bas, si c'est d'amour
au bord des tombes.

Es war die Stimme eines Mannes, und sie hatte den bezaubernden Tonfall der Provence, das schwere *R* und die dunklen Betonungen südlicher Länder. Ich drehte mich nicht um, doch er faßte mich am Arm und zog mich sanft weg.

As-tu peur des pieux mystères
passe plus loin du cimetière,

flüsterte er, »komm, du mußt mit mir gehen, ich muß dir eine Geschichte erzählen.« Er war alt, doch vielleicht schien das nur so, weil er so dick war. Seine unsteten kleinen Augen lagen tief unter dem borstigen grauen Haar seiner Brauen, die von einem Fettwulst am unteren Rand seiner Stirn herabgedrückt wurden.

Das ganze Gesicht war formlos und erschlafft und die Hand, die meinen Arm noch immer festhielt, weich wie ein Schwamm, und fraulich weiß und unbehaart ragten seine Arme aus einer Art schmutzig gewordener schwarzer Kutte.
»Ich weiß«, sagte er, »ich bin dick. Man sagt, ich bin der dickste Mann der Provence, aber ich muß dir eine Geschichte erzählen. Heute abend habe ich dich auf der Place du Forum gesehen und gestern in der Kirche Saint Trophyme. Ich habe dich im Auge behalten und bin dir gefolgt.«
Ich ging mit ihm, und weil ich nicht wußte, was ich sagen sollte, habe ich eben nichts gesagt, und wir sind unter den Pappeln und den Zypressen zurückgegangen, ja, und er keuchte, denn er war nicht sehr gut zu Fuß, so daß ich ihm den Arm reichte, solange es aufwärts ging.
Vor dem kleinen Hotel, in dem ich wohnte, blieb er stehen.
»Hol dein Gepäck«, sagte er, »dann fahren wir.«
»Wohin?« fragte ich, aber er sah mich erstaunt an und sagte: »Zu der Geschichte natürlich«, und darum bin ich mit ihm gegangen.
Er hatte ein altes Auto, und in jener Nacht fuhren wir durch ein totes, unheimliches Land. Königlich wuchs der Mond aus der erloschenen rötlichen Erde. Nebel und Dunst zogen durch die Täler, umringten uns wie eine Gefahr, der wir jedesmal wieder zwischen hartem, scharfem Gestrüpp entwichen, das wie eine Herde längst gestorbener Tiere die Hänge zu den bizarren, im Nachtlicht blühenden Felsen emporkletterte.
Manchmal fielen wir in einen Schwall lauer Wärme, die, von der trostlosen Hitze des Tages irgendwo zusammengepreßt, langsam in die Nacht hinausfächelt und den würzigen Duft von Thymian oder Lavendel mit sich trägt.

Wortlos fuhren wir durch die Provence, wo alle Städte und Dörfer, durch die wir kamen, jetzt aussahen wie das von den Menschen verlassene Bergstädtchen Les Baux, gestorbene Städte, in denen durch einen gespenstischen Zufall die Straßenlaternen noch brannten und hin und wieder irrtümlich eine Uhr schlug. Ich schlief ein und wurde erst wieder wach, als das Auto anhielt. Wir blickten hinab.
»Da ist das Tal«, sagte er, »und dort das Dorf.«
»Ja«, sagte ich.
Das erste Licht der Sonne war da. Die Häuser lagen fern und bedeutungslos unter uns, um die Kirche geschart wie zusammengetriebene Tiere, doch zwischen den steinigen, unfruchtbaren Hängen, auf die bald wieder die Sonne vernichtend und erbarmungslos einschlagen würde, war das Dorf ein berauschender Hauch an dem fast ausgetrockneten Flüßchen mitten im Tal.
»Du mußt hier aussteigen«, sagte der Mann, »und ich heiße Maventer; Ma steht für magnus, groß, venter bedeutet Bauch – so heiße ich nicht, aber alle nennen mich so.«
»Sind Sie ein Mönch?« fragte ich, aber er sagte, »nein, ich bin kein Mönch«, und dann stellte der Mann Maventer meinen Rucksack auf den Boden und wendete das Auto.
»Und die Geschichte?« fragte ich.
»Du mußt ins Dorf gehen«, sagte er, »dort gibt es nur ein Hotel, ›Chez Sylvestre‹. Ich komme diese Woche hin, aber du darfst nicht über mich sprechen.«
»Nein«, sagte ich, »ich werde nicht über Sie sprechen«, und ich nahm meinen Rucksack und ging den Hang hinunter. Er startete den Motor und rief: »In drei Tagen, denke ich, oder zwei«, aber ich ging weiter, und der rosige Straßenstaub, der unter

meinen Füßen aufwirbelte wie ein Miniaturschirokko, drang in meine Schuhe und Strümpfe. Weiter abwärts blühte rot und violett der Feldthymian, das Strauchwerk wurde grüner, und schließlich zeigte sich das Dorf fast freundlich mit seinen weißen und rosafarbenen, anscheinend völlig planlos gebauten Häusern und Gärten im Schatten von Pinien und Zypressen.
Es war nicht schwer, das Hotel ›Chez Sylvestre‹ zu finden – die Wirtin war gerade dabei, die Fensterläden wegen des grellen Sonnenlichts zu schließen. Ich folgte ihr ins Haus, nachdem ich sie angesprochen hatte.
»Un Hollandais«, sagte sie zu dem Wirt, und die beiden Männer, die an der Theke standen, drehten sich um.
»Das muß ein kleines Dorf sein«, dachte ich, »in das kaum Fremde kommen«, und mit einemmal wurde mir klar, daß ich nicht wußte, wie es hieß.
Die Männer sprachen Provenzalisch miteinander, so daß ich sie nicht verstehen konnte – der Fußboden und auch die Treppe waren mit sechseckigen roten Steinfliesen ausgelegt, und an den leuchtend weißgetünchten Wänden hingen die Plakate wie überall, Cognac Hennessy, Noilly Prat und Saint Raphael, Quinquina.
Der Wirt, Sylvestre, führte mich in mein Zimmer, das nach vorn heraus ging, so daß ich auf den Platz mit dem alten Springbrunnen und den Steinbänken im Schatten vieler Bäume blicken konnte, aber er schloß sofort die Läden.
»Le soleil est terrible, par ici«, sagte er, und ich antwortete »comme toujours.«
»En été, oui«, nickte er. »Ich bringe Ihnen gleich noch Wasser«, und kurz darauf kehrte er mit einem großen Glas Pastis zurück, wie man ihn nur hier trinkt, und einem Eimer Wasser, den er

unter den hölzernen Waschtisch stellte, nachdem er ein wenig in die Kanne gegossen hatte.
»Ist alles in Ordnung?« fragte er.
»Très bien«, sagte ich, »merci«, und er lachte und verließ das Zimmer. Ich legte mich in das riesige Bett und lachte, weil es knarrte, wenn ich mich umdrehte, und weil die Laken aus grober Baumwolle waren und wie Kinder rochen, die im Fluß geschwommen sind.
Als ich aufwachte, war es später Nachmittag – jemand hatte mir Brot und etwas Wein hingestellt, bedeckt mit einer Serviette –, und als ich nach draußen schaute, verstand ich erst richtig, warum die Häuser hier manchmal wie Festungen gebaut sind. Die Hitze wird hier gegen Abend unerträglich und grandios unbarmherzig, so daß die Menschen und Tiere die halbdunklen und dunklen Stellen in den Häusern aufsuchen und dort warten, bis es Abend wird.
Das Dorf war denn auch tot, als ich ins Freie trat – langsam ging ich über den Platz und trank etwas laues Wasser aus dem Brunnen, und weil ich die Lebenden nicht sah, suchte ich die Toten auf, deren Gräber kreuz und quer um ein großes, rohes Holzkreuz lagen, wie die Häuser der Lebenden um die Kirche. Die Toten waren eingeschlossen von einer Hecke aus Weißdorn und Hainbuche.
Später, als ich die Lebenden kennenlernen sollte, wußte ich, daß sich die Toten nicht so sehr von ihnen unterschieden: Auch sie gehörten in düsterer Schweigsamkeit zusammen; die Bitterkeit der roten Erde, schwer zu bestellen und voller lästiger Steine, war zusammen mit der flüsternden Melancholie in ihre Körper gezogen, die hier abends umgeht und alles berührt, sobald die Hitze sich widerwillig aus dem Dorf zurückgezogen hat und

das Klacken der schweren Eisenkugeln des *jeu des boules* fast das einzige Geräusch ist neben dem von Sylvestres Gläsern, den Tieren und dem Abendwind in den Zypressen– oder auch dem zögernden Singen von Kindern.

Alix ma bonne amie
il est temps de quitter
le monde et ses intrigues
avec ses vanités

sangen sie, ich erinnere mich noch gut – denn abends saß ich an meinem Fenster bei Sylvestre und schaute den Männern und den Kindern zu. Sie bemerkten mich nicht und kannten mich nicht, aber ich lernte ihre Namen, und nach zwei Tagen wußte ich, wer der Beste war beim *jeu des boules* und wer am meisten trank. Die Kinder spielten am Brunnen, doch sie spielten eigenartig und fast geräuschlos wie Kinder, denen man gesagt hat, sie sollten leise sein, weil jemand krank ist. So spielten die Männer und die Kinder, während, wenn es dunkler wurde, Frauen mit Eimern und Krügen kamen, um Wasser zu holen. Ich konnte das alles gut von meinem Fenster aus sehen, zwischen dem sich schwer herabneigenden Blauregen, der an der Hauswand atmete wie ein großes lebendes Tier, geheimnisvoll bewegt von den Händen eines leichten Windes. Gegenüber von mir war die Kirche, und ich wußte, daß sie innen verfallen war und daß auf dem Altar ein staubiges Tuch aus rotem Samt lag, auf dem in goldgestickten Buchstaben stand: Magister adest et vocat te, der Herr ist da und ruft dich. Kirche und Friedhof waren vom Leben dieses Dorfes durchdrungen, in dem die Namen stets die gleichen blieben, die der Lebenden in der Kneipe oder am

Brunnen, die der Toten auf den großen vergilbten Bildern an ihren Gräbern. Ja, mir war, als sei ein alter und düsterer Aberglaube in diesen Menschen und herrsche über ihren Gräbern, als ich diesen Email- oder Pappbildern begegnete, geschmückt mit Strähnen von stumpfem Haar, künstlichen Blumen in fahlen Farben oder getrocknetem Rosmarin, zusammengebunden mit rostigem, fast zerbröseltem Draht, eingeschlossen hinter schmutzig gewordenem Glas voller Staub und Spinnweben und eingefaßt in runden Rahmen aus dünnem Walzblech mit vielen Schnörkeln. Denn schon bald erkannte ich hinter der Starrheit dieser Porträts die Gesichter der Lebenden, die ich von meinem Fenster aus sprechen und trinken sah, und in den Mittagsstunden, wenn die Sonne ihre Herrschaft über die gestorbenen Häuser bekräftigte, verkehrte ich mit den toten Peyeroux, den toten Rapet, den toten Ventour. Blumen, die ich frühmorgens gepflückt und in meinem Zimmer in Wasser aufbewahrt hatte, legte ich auf die Gräber der Kinder, aber ich wußte nicht, warum. Vielleicht tat ich es einfach nur gern.

An jenem Nachmittag, bevor der Mann Maventer kam, wartete der Curé auf mich – er saß auf dem Familiengrab der Peyeroux.

»Sie werden mir das schon verzeihen«, sagte er, »es waren gute Freunde, und schließlich liege ich auch bald hier, in dieser Ecke, ein angenehmer Platz, scheint mir, was meinen Sie? Die Sonne kommt hier schwerer hin, und wenn, wer weiß, ein Fremder kommt, um Blumen zu bringen, dann halten sie vielleicht etwas länger.«

Im Pfarrhaus füllte er zwei hohe Gläser mit Wein, bis an den Rand, wie Sylvestre.

»Sie haben unseren Mistral wahrscheinlich nicht gelesen«, sagte er, »aber diesen Wein hat er in seiner ›Mirèio‹ besungen.«

Alor, en terro de Prouvenço
I' a mai que mai divertissenço
Lou bon Muscat de Baume e lou Frigolet
Alor …

»Muscat de Baume!« Er lachte und stieß mit seinem Glas an das meine. »Ich habe gesehen, wie Sie Bekanntschaft mit den Toten geschlossen haben«, sagte er, »und das ist das beste, was man tun kann. Manchmal sind die Toten entgegenkommender als die Lebenden, und was das betrifft – die Lebenden hier sind nicht besonders entgegenkommend.«

»Das weiß ich«, sagte ich, »aber ich mag sie.«

»Vielleicht«, sagte er zögernd, »vielleicht, aber das Leben ist hier mühselig und hart und manchmal hassenswert wie der Boden, der erst nach vielen Liebkosungen ein paar Tomaten und Melonen und kümmerliches Korn hergibt. Es kann bitter sein wie das Gras, von dem die Schafe und Ziegen im Flachland leben müssen, bevor sie im Sommer in die Berge ziehen. Das Leben hier ist ein Leben der Notwendigkeit. Es gibt Gott und ein paar andere Leute und den Boden, und sie sind alle gleich hart.

Das weiß ich«, sagte er, »und ich habe allen Grund dazu. Dort drüben«, und er öffnete die Läden vor dem Fenster, das zur Straße hinausging, und zeigte auf die Hänge, die jetzt hinter den Häusern so grell leuchteten, daß ich die Hand vor die Augen legen mußte, »da sind meine Tomaten und meine Melonen und manchmal, wenn sie nicht eingehen, meine Blumen für die Kirche, Nelken. Und das ist noch nicht alles, es gibt schließlich noch den Winter, der hier härter ist als im Norden und der zuschlagen kann wie die Sonne, und dann, mon vieux, dann gibt es auch noch den Mistral.

Kennst du den Mistral?« fragte er, aber ich hatte noch nie davon gehört, oder vielleicht doch, jedenfalls erinnerte ich mich nicht daran, und er erzählte von diesem Wind, der die Täler und die Menschen mit seiner Kälte geißelt, während die Sonne ungerührt weiterscheint, ein Wind, der die Menschen zu finden weiß, wo immer sie sich versteckt haben, er dringt hinter jeden Schutz und hinter geschlossene Türen. »Und dann passieren hier manchmal merkwürdige Dinge«, sagte er, »denn er strapaziert vor allem den Geist der Menschen, bis er zerbricht.
Ein kleiner Streit schlägt ein wie ein Blitz und springt und rast wie Flammen im Heu – wir kennen das alle, die Lebenden hier und die Toten dort«, und er machte eine Bewegung mit dem Kopf zum Friedhof hinter dem Weißdorn.
»Es war an einem Tag, als der Mistral bereits eine Woche lang durch das Dorf ging, grausam wie ein Mann, der Rache sucht, als Claudius Peyeroux seine Frau erschlug und sich selbst erhängte – und es war Mistral, als der Mann Maventer zum erstenmal den Fuß hierher setzte. Später zog er ins Schloß, aber es war wieder ein Tag, an dem der Mistral wehte, als die Marquise Marcelle es verließ.«
»Wer ist Maventer?« fragte ich.
»Eigentlich heißt er gar nicht Maventer. Irgendein verspäteter Meistersinger hat sich den Namen ausgedacht. Ma steht für magnus, und venter ist lateinisch für Bauch. Der Mann ist sehr dick. Wie er wirklich heißt, weiß ich nicht. Früher war er Chormönch bei den Benediktinern. Sind Sie Katholik?« fragte er.
»Nein«, sagte ich, »aber ich kenne mich aus mit den Benediktinern.«
»Gut«, antwortete er, »aber dieser Maventer war einer der letzten Chormönche, die keine Priester waren. Es gibt Brüder, die

auf dem Feld arbeiten, das Haus und die Kleidung instand halten, und es gibt Priestermönche, die das Chorgebet singen und darüber hinaus im Kloster ein Amt innehaben, als Ökonomen, Novizenmeister oder etwas anderes. Nun konnte man früher auch im Chor stehen, ohne Priester zu sein, dann war man Chormönch, aber heutzutage gibt es das praktisch nicht mehr. Jedenfalls ist Maventer weggegangen, und das ist für mich kein Grund, ihn zu verurteilen, denn er war zu jung ins Kloster eingetreten und, wie es heißt, auf Druck seiner Familie hin. Es ist schwer, etwas über jemanden zu erzählen, von dem man viel und trotzdem sehr wenig weiß, denn schließlich«, und er sah mich an, während er die Kalotte auf dem dünnen weißen Haar verschob, »schließlich wissen wir so wenig voneinander.

Früher war er ein Herumtreiber, auf allen Festen war er ein gerngesehener Gast, und sein Ruf reichte bis in den weiteren Umkreis. Er und seine Harmonika. Er war bei der Kirschernte in Cavaillon und Carpentras und bei der Traubenlese in den Tälern der Durance, und immer in derselben abgetragenen Kutte, die er, weiß der Himmel warum, noch immer trägt – aber das war alles bis vor drei Jahren, seitdem wohnt er auf Experi, nicht sehr weit weg von hier, und man hat ihn bei Hochzeiten oder in den Häusern der Honoratioren und der Geistlichkeit nicht mehr gesehen, wo er gern empfangen wurde, denn er weiß viel – er weiß mehr von Thomas, als ich je gewußt habe, und bei jedem Wettstreit in Arles und sogar in Avignon hat er alle anderen mit seinen Kenntnissen von den klassischen Dichtern und von den alten provenzalischen Troubadouren besiegt. Er kann sämtliche Oden und Epoden von Horaz auswendig, heißt es, und vielleicht stimmt das sogar.

Aber ich habe ihn oft gesehen, bei Nacht, ihn und die kleine

Marquise – ja, sie paßten gut zueinander, denn sie war ein eigenartiges Kind. Manchmal kamen sie nachts hier durch die Straße. Sie war ganz zart und klein und trug eine enge Hose, wie die Frauen in Paris sie angeblich tragen, und kleine flache Schuhe. Sie ging dann schnell und nahezu lautlos hier über den Platz. Ich stand an meinem Fenster im Dunkeln, denn seit ich alt bin, habe ich einen sehr leichten Schlaf.
Sie kamen aus der Richtung von Experi, so heißt das Schloß; er ungefähr zehn Meter hinter ihr, schwer und ein wenig unheimlich, düster durch seinen gewaltigen Schatten, und weil er schnell ausschritt, keuchte er – aber sie achtete nie auf ihn und ging mit gesenktem Kopf und sprach mit sich selbst. Manchmal kam sie auch allein, dann ging sie langsamer und trank am Brunnen, und morgens lagen Blumen auf dem Friedhof. Einmal habe ich mit ihr gesprochen. Sie war allein in jener Nacht und trank am Brunnen.
›Mademoiselle‹, sagte ich, ›möchten Sie etwas von meinem Wein trinken?‹ – und ich holte den Wein, den ich immer bereitstehen hatte, nachts, und wir setzten uns auf die Stufen vor dem Pfarrhaus. Doch sie schwieg, und als ich sie fragte, ob sie keine Angst hätte, allein bei Nacht, sagte sie: ›Natürlich nicht.‹
Und danach sah sie mich mit diesem orientalischen Gesicht an, das ich nie ganz habe verstehen können – wie die Gesichter der Leute hier, die geformt und gewachsen sind wie mein eigenes –, weil ihr Gesicht in sich gekehrt war, vielleicht rätselhaft, und sie flüsterte: ›Ich mache eine Geschichte.‹
›Ja‹, sagte ich, ›du machst eine Geschichte.‹ Und, ›ich will mich da nicht einmischen, es ist deine Geschichte‹, sagte ich, ›aber mach eine schöne Geschichte.‹
Sie nickte nur.«

Er schwieg. »Hatte sie ein orientalisches Gesicht?« fragte ich. »Ihre Mutter kam aus Laos, aber die ist gestorben. Der Vater war Offizier in der Fremdenlegion, und er war so gut wie nie hier. Er ist in Indochina gefallen. Dann gibt es noch eine Tante, die wir hier nie sehen, und das Personal – und außerdem natürlich Maventer. Die Leute reden viel, aber eigentlich weiß niemand Bescheid, denn sie reden schon darüber, seit ich hier bin, und noch nie ist jemand von uns da drinnen gewesen.«

An jenem Abend erwartete ich den Mann Maventer in meinem Zimmer, denn die Möbel verbargen sich nicht hinter der nahenden Nacht wie an anderen Abenden, sondern blieben groß und beunruhigend um mich herum stehen, als wollten sie mir sagen, sie seien zum letztenmal ein Teil von mir. Und auch die Gerüche, die sich in dem Zimmer eingenistet hatten, Gerüche von alt gewordenem Holz, von Bettlaken, gewaschen im Fluß mit harter, ländlicher Seife, waren stärker und eigenständiger als zuvor, ihres Sieges sicher über den fremden, fast schon verschwundenen Geruch meines Körpers und meiner Kleider.
Und so wie ein Mann, der immer beim Geräusch einer Uhr schläft, aufwacht, wenn das Uhrwerk nicht mehr tickt, ging ich langsam zu meinem Fenster, um den Mann Maventer kommen zu sehen, als das Klacken der Eisenkugeln des *jeu des boules* plötzlich verstummte. »Holländer«, rief er von draußen. »Holländer, komm heraus, ich muß dir eine Geschichte erzählen.«
Wir gingen lange eine Straße am Berghang entlang und später auf einem Weg, der steil hinaufführte. Hier und da begann sich die Nacht plötzlich in den Sträuchern oder zwischen den großen Steinen zu zeigen, und sie kam mit uns, bis wir so hoch

waren, daß wir die purpurne Kette der Alpes de Provence, die Bergmassive des Lubéron und des Ventoux weit um uns trugen, und bevor die Nacht alles berührt und verborgen hatte, zeigte Maventer mir die Steine der Kette; die Berge von Vaucluse, Montagne de Lure, Montagne de Chabre.

Das Schloß, oder was es auch war, stand riesengroß und lebendig im Berg. Er führte mich zu einem Feld mit dem gleichen schroffen Boden wie überall. Dort lagen schwarze Steine, man würde sagen, sie gehörten nicht dorthin, sondern viel eher auf den Mond oder sonst irgendwohin, wo es kein Leben gibt, und jemand – wer? – hätte sie von dort mitgebracht und in einer zuvor festgelegten Anordnung hingelegt, mit einem großen schwarzen Felsen, gleich einem aus einem Ofen von Riesen gefallenen ausgebrannten Kohlestück als Mittelpunkt. Auf diesen Felsblock setzten wir uns.

»Dies ist der Tierfriedhof«, sagte der Mann Maventer, »hier hat es angefangen.

Ich saß hier, und da kam sie auf mich zu. ›Du bist Maventer‹, sagte sie.

›Ja‹, antwortete ich.

›Kannst du Englisch lesen?‹

›Ja.‹

›Und schreiben?‹ fragte sie, und als ich das bejahte, setzte sie sich vor mich auf den Boden, dort, wo du jetzt stehst.

›Du machst dich schmutzig‹, sagte ich, und: ›Du solltest dich besser auf einen Stein setzen‹, aber sie hörte nicht zu, oder hörte es nicht einmal, und zog mit der Ferse des ausgestreckten Beins einen Kreis um sich.

›Ich bin im Kreis‹, sagte sie, ›du bist nicht im Kreis. Du mußt die Füße in den Kreis stellen, denn ich muß dich etwas fragen!‹

Ich rückte vor, bis meine Füße ebenfalls im Kreis standen, und sie streute feinen Sand über sie.
›Laß das‹, sagte ich, ›du machst alles schmutzig.‹
›Du mußt einen Brief schreiben, auf englisch.‹
›An wen‹, fragte ich.
›An die‹, und sie zog ihre Jacke, die sie neben sich auf den Boden gelegt hatte, zu sich heran und nahm eine *Saturday Evening Post* heraus, ›an die‹, wobei sie auf das Foto einer englischen Balletttänzerin zeigte, deren Namen ich nicht behalten habe.
›Du mußt ihr schreiben und sie fragen, ob sie hier wohnen will.‹
›Nein‹, sagte ich.
Sie verzog den Mund und blies sich böse das Haar aus der Stirn.
›Warum nicht?‹ fragte sie.
›Weil sie ja doch nicht kommt.‹«
Der Mann Maventer sah mich an und sagte: »Wenn ich sie gekannt hätte, wie ich sie jetzt kenne, hätte ich nie einen solchen Fehler begangen, aber ich kannte sie damals noch nicht, und darum sagte ich: ›Weil sie ja doch nicht kommt.‹ Und sie lachte nur, und ihr Lachen galt nicht einmal mir, es galt ihr selbst und ein paar unsichtbaren Menschen oder Dingen, die immer bei ihr waren, und sie sagte, ich sei dumm, ›denn‹, sagte sie, ›natürlich kommt sie nicht, aber wie kann ich denn spielen, daß sie kommt, wenn du nicht erst einmal einen Brief auf englisch schreibst, um sie einzuladen.‹«
»Verstehst du das?« fragte er mich, und ich verstand es sehr gut, und darum sagte ich: »Ich glaube schon.«
»So war es immer, sie spielte. Sie war so ganz anders«, fuhr die Stimme neben mir fort und fort, aber ich sah sie, und auf einmal wußte ich ganz genau, daß dies nicht mehr die wirkliche Welt war, denn die Dinge waren lebendig und besessen von sich

selbst, in einer zweiten, einer anderen Wirklichkeit, die plötzlich erkennbar, sichtbar wurde, die mich berührte und loslöste, bis ich auf der Stimme des Mannes Maventer dahintrieb, der zwischen den Steinen des Tierfriedhofs umherging, und sie saß da und zeichnete im Staub und hörte – vielleicht, ich weiß es nicht – in der Geschichte, die er weitererzählte, sich selbst mit seiner Stimme sagen:

»›Maventer, wann fährst du wieder in die Stadt?‹

›Warum?‹«

(Er sagte: »Hörst du zu?« »Ja, ich höre zu«, sagte ich.)

»Wir fuhren einmal im Vierteljahr zur Bank, und sie hatte nur Augen für die Rechenmaschinen.

›Ich möchte mich zusammenzählen‹, sagte sie, und beim nächsten Mal, als wir zur Bank in die Stadt fuhren, fragte sie am Schalter, ob sie einmal auf einer dieser Maschinen rechnen dürfte, und als man es ihr erlaubte, zog sie ein kleines Stück Papier aus ihrem Handschuh und las die Zahlen ab, die sie dann auf der Maschine anschlug. Sie drückte auf die Summentaste und betätigte den Hebel.

Ein paar Tage lang sah ich sie nicht. Das war nichts Besonderes, es kam öfter vor, daß sie in ihrem eigenen Teil des Schlosses blieb und sich nirgends zeigte. Diesmal dauerte es aber lang, bis ich sie wiedersah – sie kam zu mir in die Bibliothek. ›Maventer‹, sagte sie, ›ich bin wieder da.‹ Sie trat zu mir, ›ich war weg.‹

Ich war damals schon lange genug auf dem Schloß, um zu wissen, daß ich nicht sagen durfte, sie sei gar nicht weggewesen, sondern in ihren Räumen geblieben, und sie fuhr fort: ›Weißt du noch, dieses Papier?‹

›Ja‹, antwortete ich, ›ja, auf dem du dich selbst zusammengezählt hast.‹

Sie nickte. ›An dem Abend‹, flüsterte sie, und sie kam noch näher, als seien wir Verschwörer, ›an dem Abend habe ich das Papier draußen hingelegt, weil es windig war. Danach bin ich in mein Zimmer gegangen, um zu sehen, ob passiert, was ich wollte. Und es passierte, ich wehte davon.

Ich habe mich zusammengezählt‹, sagte sie, als wir hinausgegangen waren, und sie zeigte mir das Papier.

An alle Zahlen erinnere ich mich nicht mehr, ich weiß nur noch, daß die 152 dabei war.

›Was ist das?‹ fragte ich.

›So groß bin ich doch.‹

›Ja‹, sagte ich, ›so groß bist du, und was wirst du jetzt tun?‹

›Das sage ich nicht, aber du mußt mir die Hand geben, ich gehe nämlich weg.‹

›Wohin?‹ aber sie zuckte mit den Achseln – sie wußte es nicht.

›In der Nacht wehte ein leichter Wind. Oben auf meiner Fensterbank waren die Düfte des Geißblatts, und sie waren noch bei mir, als ich in diesem Land ankam.‹

›In welchem Land?‹

›Oh, es war ein fremdes Land, in das der Wind das Papierstück wehte, auf dem ich mich selbst zusammengezählt hatte. Als ich in dieses Land kam, standen die Leute da, um mir die Hand zu geben. Überall Geißblatt, und alles, alles duftete danach. Aber eigentlich waren die Leute traurig. Und ich fragte den Mann, der mir alles zeigte: ›Warum sind die Menschen hier so traurig?‹

›Ja‹, sagte er, ›sie sind sehr traurig. Ich werde es dir zeigen‹, und nachts, als die Menschen schliefen, sind wir durch die Straßen der Stadt gegangen.

›Hier ist eine Buchhandlung‹, sagte der Mann. Aber das Schaufenster des Geschäfts war leer – jedenfalls lag nur ein einziges dünnes Buch darin, und es gab kein Geißblatt und keine anderen Blumen und auch keine Fahne wie bei den anderen Geschäften und Häusern.

›Da ist ja nur ein einziges kleines Buch‹, sagte ich, und er sagte: ›Ja, sieh nur hinein‹, und das taten wir zusammen, die Stirn an die Scheibe gedrückt. Und in dem Licht der Laterne, die vor dem Geschäft stand, sah ich, daß die Regale, auf denen Bücher hätten stehen müssen, leer waren, nur dieses eine dünne Büchlein sah ich da wieder liegen, ganz hinten, auf einem Regal.

›Jetzt gehen wir in die Staatsbibliothek‹, sagte er, und wir gingen wieder durch die Stadt, bis wir zur Staatsbibliothek kamen. Der Mann öffnete die Türen, und wir gingen hinein, und es war, als hallten unsere Schritte nicht nur auf dem Marmorfußboden wider, sondern auch von den Wänden und der Decke und von überallher, immer lauter.

›Ich glaube, ich habe Angst‹, sagte ich, aber er sagte, das mache nichts, er sei doch bei mir – und dann gingen wir durch die Säle, aber da waren nirgends Bücher, nur leere Regale, leere große Schränke. Nur das kleine Büchlein lag hier und da.

Oh, ich hatte trotzdem Angst, denn die Wände waren hoch und weiß über den Schränken, und wir hörten nur uns und unsere Schritte, weil keine Bücher da waren.

›Warum sind keine Bücher da?‹ fragte ich, ›in einer Bibliothek gibt es doch immer Bücher.‹

›Eigentlich schon‹, sagte er, ›aber er ist tot.‹

›Wer ist tot?‹ dachte ich.

›Ein Junge war es‹, fuhr er fort, ›ein kleiner Junge mit bereits ein wenig grauem Haar, und er war immer krank. Er war der einzige, der schreiben konnte, denn in diesem Land ist es nicht wie in anderen Ländern. Manche Menschen konnten hier Kinder zeugen, andere bauten Häuser, wieder andere machten Fahnen für den Fall, daß jemand zu Besuch kommt, wie du – aber niemand konnte hier Gedichte schreiben oder Geschichten oder ein Buch.

Doch dieser Junge war immer sehr krank, und als er starb, hatte er lediglich das erste Kapitel fertig. Das ist es.‹ Und er deutete auf das kleine dünne Buch. Sie schwieg einen Augenblick. Dann sagte sie: ›Ich bin dann aus diesem Land fortgegangen, weil es dort so traurig war.‹«

Maventer sah mich wieder an.

»Bist du schon einmal in einem solchen Land gewesen?« fragte er.

»Nein«, sagte ich, »aber vielleicht gehe ich irgendwann einmal hin.«

Es war jetzt still, und ich wollte, daß er nichts mehr sagte und ich dem zuschauen könnte, was sie auf den Boden zeichnete.

»Was zeichnest du?« fragte ich.

»Platanen«, sagte sie, »sie stehen hinter dir.« Ich sah mich um.

»Wohin schaust du?« fragte Maventer.

»Auf diese Bäume«, sagte ich, »was sind das für Bäume?«

»Das sind Platanen«, antwortete er.

»Was für Buchstaben zeichnest du jetzt?« fragte ich sie.

»Ein K«, flüsterte sie, so daß mir klar war, daß das ein Geheimnis sein mußte, »ein K und ein R, ein U, ein S, ein A und dann noch ein A.«

»Das ist kein Wort«, sagte ich, »KRUSAA.« »Doch«, sagte sie, »das ist ein ulkiges Wort.«

»Was sagst du?« fragte Maventer.

»Nichts«, sagte ich, und er sah mich so merkwürdig an und sagte: »Ich dachte, du hättest etwas gesagt.«

»Nein«, sagte ich, »ich habe nichts gesagt.«

Er erzählte weiter. »Nicht sehr lange danach verschwand sie wieder. Wir waren mit dem Auto nach Avignon gefahren, und weil ich zu verschiedenen Leuten mußte, sollte sie währenddessen in den Lesesaal gehen. Aber als ich sie abends abholte und fragte, was sie gelesen hätte, gab sie mir keine Antwort – es war eigenartig, ihre Haare waren naß, und sie setzte sich im Auto nach hinten und sprach während der ganzen Fahrt nicht, kein Wort. Auf Experi ging sie sofort in ihre eigenen Räume. Erst zwei Tage später kam sie wieder herunter.

Ich saß am Tor und erschrak, als sie mich von hinten, an der Schulter, berührte.

›Maventer‹, sagte sie, ›ich bin wieder da. Diesmal war ich sehr weit weg.‹

Das stimmt nicht, dachte ich und sagte: ›Aber du hattest diesmal doch kein Papier, oder? Wo bist du gewesen?‹

›Oh, diesmal war es anders. Ich wußte nicht, wie ich wegkommen sollte, aber an der Innentür des Lesesaals hängt ein Schild, auf dem steht, daß alle Menschen, die hier sind, um zu lesen oder zu studieren, sich in die Anwesenheitsliste eintragen müssen, wenn sie kommen und wenn sie gehen.

Darum habe ich meinen Namen eingetragen, als ich ankam, aber nicht, als ich ging. Das heißt, eigentlich war ich immer noch da, obwohl der Saal, nachdem die letzten Leute verschwunden waren, geschlossen wurde.

Es regnete, als ich in dieses Land kam – denn jetzt, da ich eigentlich nicht mehr da war, konnte ich ruhig verreisen. Es regnete, und es war Abend. Ich stand am Bahnhof und stieg in eine Straßenbahn. Mir gegenüber saß ein Mann.

›Wohin schaust du‹, fragte er.

›Auf Ihre Hände.‹ – Wie kämpfende Tiere bewegten sich die Hände gegen- und übereinander, in einem fort.
›Kümmere dich nicht darum‹, sagte der Mann, ›das macht nichts, das ist immer so, bevor ich zu spielen beginne. Möchtest du eine Freikarte?‹
Wir stiegen in einer belebten breiten Straße aus. Der Mann ging mir voraus, zwischen den Leuten hindurch, aber er drehte sich noch einmal um und rief, ›es ist spät, ich muß mich beeilen‹, und er lief schnell vor mir her, während seine Hände weiterhin erschreckt gestikulierten, wie um ein Unheil abzuwehren. Eigentlich wäre ich lieber draußen auf der Straße geblieben, weil die Lichter auf dem Asphalt schwammen wie auf der Oberfläche eines tiefen, dunklen Wassers.
Aber da der Mann mit den Händen mir die Karte gegeben hatte, bin ich mit hineingegangen. Ich war die letzte auf den Gängen und durfte gerade noch hinein, bevor die Türen geschlossen wurden.
Aber der Saal war so merkwürdig! Es mochten an die hundert Flügel sein, die da in einem verschwommenen orangefarbenen Licht standen, wie Menschen, die sich zu einem Trauerzug aufgestellt haben. Die Leute, die an den Flügeln saßen, sprachen miteinander, wie immer in Konzertsälen, so daß der Raum von einem unterdrückten Gemurmel erfüllt war.
Ein Fräulein führte mich zu meinem Flügel, ziemlich weit vorn im Saal. Ein Programm kaufte ich nicht, weil ich sah, daß nichts darin stand. Hinten im Saal begannen die Leute jetzt pst! zu rufen, so daß ich zum Podium schaute, ob der Mann schon käme. Und da sah ich, daß auf dem Podium kein Flügel stand, sondern lediglich ein Stuhl.
Wir standen auf und klatschten, als der Mann das Podium be-

trat. Seine Hände bewegten sich jetzt nicht mehr, und er verbeugte sich vor den Leuten, setzte sich und wartete, bis wir zu klatschen aufhörten und es still würde.
Wir begannen zu spielen. Ich wußte genau, daß ich die Melodie kannte, die herzbewegend und sanft durch den Saal spazierte, als spielte nur ein einziger Flügel, aber mir fiel kein Name mehr ein, weder der des Stücks noch der des Komponisten, ich kam nicht einmal darauf, welche Art Musik wir spielten, oder auch nur, aus welcher Zeit. Als sie zu Ende war, stand er auf, um sich für den Applaus zu bedanken, der jetzt aus dem Saal heranstürmte wie ein Gewitter, und danach setzte er sich wieder auf seinen Stuhl, die Hände jetzt ruhig gefaltet, als hätten sie sich nie bewegt; und wir spielten weiter, und von keinem einzigen Stück wußte ich den Namen, aber das tat nichts zur Sache, und es tut noch immer nichts zur Sache, ich weiß nur, daß es eine alte, betörende Musik war, oh, und er saß fern und ruhig auf seinem Stuhl auf dem Podium und erhob sich, wenn wir gespielt hatten, und bedankte sich, weil wir ihm applaudierten, und am Ende des Abends brachten wir ihm eine Ovation dar und spielten sogar eine Zugabe.
›Oh, Maventer‹, sagte sie, ›es war nicht schön, aus diesem Land zurückzukehren, und einmal gehe ich fort und komme nicht mehr zurück.‹
›Ja‹, sagte ich, ›du kommst dann nicht mehr zurück. Einmal gehst du fort, und dann kommst du nicht mehr zurück.‹
›Würdest du mich in Das Land fahren, es ist noch hell‹, bat sie mich. Das Land, das war ungefähr sieben Kilometer von hier entfernt, sie hatte diesen Ort gefunden, und er gehörte nun zu ihr wie ihr Teil des Schlosses, aber auch wie manche Plätze im Speisesaal oder auf dem Flur, im Garten oder sonstwo, Orte, die

sie aufsuchte oder aufgesucht hatte und um die wir einen Bogen machten mußten.
Anfangs war es schwer, sich all diese Stellen zu merken.
›Ach, Maventer‹, sagte sie dann, ›du darfst da nicht durchlaufen.‹ Sie sagte nie, warum – vielleicht standen dort Dinge, die sie sah, es spielt auch keine große Rolle, denke ich.

An jenem Abend fuhren wir also in Das Land. Als wir ausstiegen, sagte sie: ›Morgen gehe ich fort. Ich komme dann nicht mehr wieder. Ich werde ein großes Spiel spielen.‹
Wir setzten uns. Sie hat mir an jenem Abend viel erzählt, und ehrlich, ich weiß nicht mehr alles, aber ich erinnere mich an sie, wie sie da saß, denn es war, als hätte sie das eigenständige, man könnte sagen, das bewußte Leben der Bäume und der anderen Dinge, an die sie so glaubte, jetzt in sich aufgenommen. Sie wurde der Schatten und das Beben der Silbertannen, die dort wachsen, und das alt gewordene, gebrochene Karmesin des ausgetrockneten Flußbetts, ich kann es nicht anders ausdrücken, aber sie weitete sich und dehnte sich aus, um den Abend in sich aufnehmen zu können und den Duft des Lorbeers und schließlich das ganze Tal, das an jenem Abend plötzlich neu entstand, unter den Händen einer Wahnsinnigen, die in den Besitz des Mondes gelangt war und mit ihm die Steine und Bäume färbte und schlug, bis eine unerträgliche Besessenheit sich der Landschaft bemächtigte und die Dinge einen Atem bekamen und mit ihr lebten, unerträglich. ›Du hast Angst‹, sagte sie.
›Ja‹, sagte ich. Aber sie hörte nicht zu – ›Du hast Angst, weil deine Welt, deine sichere Welt, in der du die Dinge erkennen konntest, verschwunden ist, weil du jetzt siehst, daß die Dinge sich jeden Augenblick neu erschaffen und daß sie leben.

Ihr denkt immer, eure Welt sei die wahre, aber das stimmt nicht, die meine ist es, es ist das Leben hinter der ersten, der sichtbaren Wirklichkeit, ein Leben, das greifbar ist und vibriert – und was du siehst, was ihr seht, ist tot. Tot.‹« Der Mann Maventer seufzte. »Sie legte sich auf den Rücken, und ich sah, daß sie klein war und schmal und mager wie ein Junge.« Er schwieg.

»Und dann«, fragte ich.

»Oh«, sagte er und ließ die Hände langsam aus dem Schoß gleiten, in einer Gebärde des Kummers oder der Ohnmacht, »ich habe den Zauber gebrochen, ich bin weggelaufen und habe etwas weiter beim Auto gewartet. Und am nächsten Tag ist sie fortgegangen, aber jetzt kommt sie nicht mehr zurück.

Was mich betrifft, so habe ich beschlossen, alt zu werden.

Ich bin nicht mehr jung, und ich habe viel erlebt, aber solange sie noch hier war, konnte ich nicht alt werden.

Und jetzt ist sie fortgegangen, und du bist gekommen, um mich die Geschichte erzählen zu lassen. Sie ist erzählt, und jetzt kann ich alt werden.

Noch einmal bin ich in Dem Land gewesen, und alles war alltäglich, ein Flußbett aus eingetrocknetem rotem Schlamm, ein paar Felsen und Bäume, nichts, wovor man Angst haben müßte.

Es ist merkwürdig, alt zu werden.

Der Tod ist dann nicht mehr fern.« Er erhob sich.

»Du mußt jetzt gehen, ich werde dich mit dem Auto nach Digne bringen.«

Und das tat er, und wir nahmen Abschied am Bahnübergang, der in der Biegung der Straße nach Grenoble liegt, und er hielt meine Hand zwischen den Schwämmen seiner Hände, und noch immer wichen seine Augen den meinen aus, so daß ich nie richtig habe sehen können, wie sie waren, und ihn also nie gekannt habe. Und nach der Biegung sah ich ihn nicht mehr, aber ich hörte, wie er das Auto wendete und wie das Geräusch danach schwächer wurde und verschwand.

Schließlich wurde es still, und ich dachte, daß ich sie vielleicht finden würde, irgendwo.

Buch zwei

1 »Das ist kein Haus«, sagte ich, als wir in die Einfahrt bogen, »und ich weiß nicht einmal, wie du heißt.«

»Fey«, sagte sie.

Es war eine Ruine. Näher gekommen, konnte ich es in dem weinerlichen Licht, mit dem der Tag begann, besser erkennen. Königsfarne sah ich und gewöhnliches weißgrünes Gras und auch verschiedene harte Blumen, die über die farblosen Steinmassen wucherten, zwischen denen morsche und mit Schimmel überzogene Fensterrahmen in lächerlich verzerrten Haltungen an und über ängstlichen kleinen Säulen lagen – wie Soldaten, die eine Festung eingenommen und jetzt die Frauen gefunden haben.

Türen, auf denen schmutziges Moos zwischen abblätternden Farbresten dahinvegetierte, standen trostlos kniehoch im toten rostfarbenen Wasser eines Bombentrichters, und, erschöpft von einem verzweifelten Todeskampf, lagen zerfallene Möbel und Matratzen im Gebüsch, süßlich nach Verwesung riechend.

Die Hälfte des kleinen Turms war weggebrochen, so daß man in ihn hineinschauen konnte wie in einen Körper auf dem Seziertisch; bläulich glänzte der von Kugeln aufgerissene Granit einer Wendeltreppe.

Fey ging mir voran, die Treppe hinauf. Auf halber Höhe befand sich eine niedrige, unbeholfen gezimmerte Tür, die sie mit dem Fuß aufstieß.

»Dies ist das einzige bewohnbare Zimmer«, sagte sie.

Es war ein langer, nicht allzu breiter Raum. In dem Licht, das sie angezündet hatte, sah ich an den Wänden hier und da Reste einer dunkelroten Ledertapete mit runenartigem Muster in zerschlissenem Gold. Es gab zwei Fenster, von denen eines mit Brettern und Karton zugenagelt war. Diese Fenster befanden sich links von der Tür; an der gegenüberliegenden Wand hingen ungefähr zwanzig Fotos in langer, unregelmäßiger Reihe, zumeist Männer oder Jungen – aber es waren auch ein paar Mädchen darunter. Einige Fotos waren sehr groß, andere wiederum im Postkarten- oder im Paßbildformat. Über alle Fotos war mit mathematischer Genauigkeit ein Kreuz in roter Tinte gemalt. Ich kannte niemanden, so auf den ersten Blick. Darunter war ein langes Regal aus rohem Holz, auf dem vor jedem Foto ein Marmeladenglas mit Blumen stand – und in jedem Glas standen andere Blumen. Ich setzte mich mit dem Rücken zu den Fotos.

»Dort, in der Ecke hinter dem Vorhang, liegen zwei Matratzen.« Sie hatte eine rauhe, aber dennoch schöne Stimme. »Du gehst jetzt besser schlafen, denke ich, du hast mehr als genug getrunken – und morgen kommen die anderen. Gib aber acht, daß du dich nicht auf Pfarrer oder Pastor legst.«

Ich wollte die Katzen von der Matratze in der Ecke schieben, weil ich lieber an der Wand lag, doch die eine der beiden, Pfarrer, wie ich später hörte, begann zu fauchen und riß mir die Hand mit ihren Krallen auf, also legte ich mich auf die andere Matratze.

Fey zog den Vorhang auf und warf mir etwas zu. »Da hast du die Tischdecke«, sagte sie, »wickel dich gut darin ein, es ist hier immer kalt und feucht in diesem elenden Haus.«

Ich wußte nicht, wie spät es war, als ich aufwachte, denn lange, fast düstere Regenschleier hatten sich über dem Land zugezogen. Mein Kopf war schwer und schmerzte, ich taumelte zum Fenster und schaute in den Regen.

Plötzlich hörte ich ein kurzes trockenes Geräusch – das Schnippen einer Schere –, und dann sah ich Fey.

Sie stand barfuß mitten im spitzen Pulver der Steine und schnitt Blüten von der Heckenrose ab. Ihr kurzes Haar war jetzt bläulichschwarz vom Regen. Sie trug einen violetten Plastikmantel und darunter irgend etwas kurzes Schwarzes. Ich sah, daß sie hübscher war als die Frauen, die ich vor ihr gesehen hatte, sogar hübscher als das chinesische Mädchen, das ich allerdings nur eine Minute lang wirklich gesehen hatte, in Calais. Später, auf der Insel, habe ich Männer gesehen, die wegen Fey außer Rand und Band gerieten. Lächerliche Dinge taten sie, um ihre Aufmerksamkeit zu erregen oder um mit ihr schlafen zu können – und selbst wenn sie es schafften, weil Fey zufällig Lust darauf hatte oder weil sie, wie gewöhnlich, getrunken hatte, trug ihnen das nicht viel mehr ein als die etwas schmerzliche Erinnerung an scharfe, starke Zähne und die völlige Gleichgültigkeit ihrerseits am nächsten Tag und danach. Jedesmal, wenn sie kritisch und bedächtig eine Blüte auswählte, um sie abzuschneiden, sah ich diese charakteristische Bewegung ihres Mundes – sie preßte die Oberlippe an die oberen Schneidezähne und streckte den Unterkiefer etwas vor. Kinder machen das manchmal auch, wenn sie ein Insekt auseinanderreißen, und weil ich diese Bewegung so oft bei ihr gesehen habe, und nicht nur, wenn sie Blumen schnitt, weiß ich, daß ihr Gesicht dann etwas Grausames, vielleicht sogar Teuflisches hatte. Der übliche Ausdruck lässiger Bitterkeit oder von Sarkasmus in ihren Augen ballte sich zusammen, die Augen wurden kleiner und härter, auch schwärzer, glaube ich, und noch verschlossener, als sie ohnehin schon waren.

»Hallo«, rief ich.

Sie drehte sich um und blickte nach oben. Sie lachte. Fey lachte nur selten, und daß ihr Gesicht sich dann plötzlich verfeinerte, war verwirrend, weil es für gewöhnlich grob war und breit und einen schwermütigen Sehnsuchtsausdruck hatte, den selbst der Sarkasmus in ihren Augen nicht zu verbergen mochte.

»Wart mal«, rief ich und rannte nach unten. Am Fuße der Treppe zog ich meine Oberkleider und Strümpfe aus und warf sie an eine trockene Stelle auf das, was früher eine Galerie gewesen sein mußte.

»Kann ich dir helfen?« fragte ich – der Regen troff mir vom Gesicht, und das Haar klebte mir in Strähnen an der Stirn.

Fey antwortete nicht, sondern deutete auf einen Rhododendronstrauch und streckte drei Finger in die Luft. Sie selbst bückte sich wieder zu einem Busch Bartnelken und achtete nicht weiter auf mich. Vorsichtig, um nicht über einen Stein zu fallen oder irgendwo auf dem glitschigen Moos auf Steinen oder Holz auszurutschen, kletterte ich zu dem Rhododendron und riß drei Blüten ab – das letzte zähe Stück des Stiels mußte ich mit den Zähnen abbeißen. Ich spuckte den bitteren, herben Saft aus, doch der Geschmack blieb in meinem Mund.

Ich hielt die schweren Blüten in die Höhe, Fey entgegen. Sie nickte zustimmend und legte die Hände an den Mund, wie ein Megaphon, und ich hörte: »Flieder – vier.«

Suchend blickte ich mich um, sah aber nirgends Flieder.»Ich sehe keinen Flieder«, rief ich, aber weil es so regnete, verstand sie mich nicht, und ich rief wieder: »Ich sehe nirgends Flieder.«

»Du mußt über die Mauer klettern und dann über die Brücke.«
Ich zog mich am Efeu hoch, hatte aber Angst, die Ranken und auch das Moos, das die Mauer bewuchs, könnten sich lösen. Mit den Beinen zappelnd, tastete ich nach einer Stütze für meine Füße, konnte aber nichts finden, und die Efeuranken schnitten mir in die Hände. Gerade als ich mich nicht mehr halten konnte und mich fallen lassen wollte, spürte ich zwei starke, warme Hände an meinen Beinen, die mich hochschoben.
Nun war ich schnell oben, und auf den bröckligen Steinen der Mauer balancierend, drehte ich mich um und sah, daß Fey eine Hand ausstreckte, um hinaufgezogen zu werden – und mehr als eine Hand von mir brauchte sie dafür nicht. Sie setzte die Füße mit den im Gras merkwürdig leuchtenden roten Nägeln in den Efeu und kletterte wie eine Katze nach oben.
Vor uns war ein kleiner toter Fluß, der nach einigen bizarr ausholenden Windungen ein grünes, brackiges Ende in einem Teich mit grellgrünem Schleim und bösartigen Wasserpflanzen fand, die warnend und giftig aus dem gefährlichen Samt der Oberfläche ragten.
Wir rutschten hinunter, um zu der Brücke zu gelangen, die aus mehreren kurzen, von der Feuchtigkeit dunkel und teilweise morsch gewordenen Balken bestand, welche locker in dazu ausgehauene Löcher über zwei rohe, die Ufer verbindende Baumstämme gelegt waren.
Fey ging wieder voraus und sprang geschmeidig von Balken zu Balken. Steine und Dreckklumpen begannen hinunterzufallen und bildeten eine kleine prasselnde Lawine, die vor uns das tote Wasser aufbrach. Ich folgte Fey, blieb aber jäh stehen, als ich einen der Balken wackeln sah; ich grub mir die Nägel in die Handfläche und hoffte, mutig weiterzugehen, bevor Fey am an-

deren Ufer wäre – und sich umsähe. Dann stemmte ich den Stock, den ich auf der Mauer gefunden hatte, so fest wie möglich gegen einen Knorren im rechten Stamm und sprang.
Der Balken kippte, doch bevor ich herunterrutschen konnte, sprang ich schon auf den nächsten.
Fast gleichzeitig mit Fey erreichte ich das Ufer, ich keuchte und spürte auch das Keuchen meines Blutes in den Schläfen und in der Kehle, doch sie ging schon wieder schnell vor mir her über eine Art Halbinsel, die durch eine letzte Windung, einen letzten barocken Schlenker des kleinen Flusses entstanden war – und als ich dort ankam, stand sie bereits prüfend vor dem Flieder.
Sie gab mir die Schere, und nachdem sie den Strauch von allen Seiten ganz genau begutachtet hatte, deutete sie nacheinander auf die Stiele, die ich abschneiden, und an jedem Stiel auf die Stelle, an der ich die Schere ansetzen sollte – und mit einer affenartigen, sicheren Bewegung ihrer linken Hand fing sie die fallenden Blüten auf.
Vier hatte ich abgeschnitten, und ich sah, wie sie den Kopf tief in den Strauch neigte; stärker noch trat jetzt die wunderbare Linie ihres Halses unter dem grob geschnittenen Haar hervor. Vorne rechts am Hals hatte sie eine längliche Narbe, von einer Operation. Sie versteckte sie nie, obwohl das sehr leicht möglich gewesen wäre – und auch das trug zu jenem merkwürdigen Eindruck von etwas Wildem und Grausamem bei; immer wenn ich sie böse sah oder sonst sehr erregt, erwartete ich, daß die Narbe anfangen würde zu bluten.
Aber jetzt, als sie so dastand, legte ich in einer, ich denke, fast verlegenen Geste den Arm leicht um ihre Schultern. »Komm«, sagte ich, und es war, als erschrecke sie – nur ganz kurz, denn schon drehte sie sich um und legte die Hand um meinen Hals,

und ich spürte, wie sie mir die Nägel sanft in die Haut drückte. Sie sah mich an, und weit entfernt davon, grausam zu sein, hatten ihr Mund und damit ihr Gesicht etwas Schwaches – ihre Bitterkeit verlor alle Kraft zum Angriff.

Als sie sprach, sah ich, daß die Narbe an ihrem Hals leise bebte.

»Du solltest besser zurückgehen«, sagte sie. »Du solltest besser fortgehen, bevor die anderen kommen. Das hier ist ja doch nur ein Spiel mit lauter Verlierern.«

»Natürlich« – und mehr und mehr zogen ihre Augen sich in einen Kummer oder eine Schwäche zurück, in die ich ihr nicht folgen konnte –, »natürlich mußt du das selbst wissen.«

»Ich kenne kein Spiel mit Gewinnern«, antwortete ich.

Sie drückte die Nägel tiefer in meine Haut. »Das weißt du also«, sagte sie. Die Schwäche verschwand, war schon nicht mehr da – sie begann zu lachen, aber zu laut. Ihr Körper zuckte, und sie beugte den Kopf weit zurück – wie eine Bacchantin auf einer griechischen Vase.

Fast Wahnsinn war es, was in ihren Augen aufblitzte – sie schmiß die Blumen ins Gras, packte mich an beiden Seiten des Kopfes und biß mich. Sie biß mich in den Mund und in den Hals, und sie zwängte mit ihren Zähnen die meinen auseinander, aber ich schrie vor Schmerz, und plötzlich ließ sie mich wieder los und ging langsam rückwärts, Schritt für Schritt. An ihrem Mund war nun ein wenig Blut, und sie hielt den Kopf schief wie ein erstaunter Hund. Mit den Händen machte sie kleine ruckartige Bewegungen, und dann begann sie wieder zu lachen, doch nun leiser, fast verhalten, und mit der Stimme, die sie in Wirklichkeit hatte, einem Alt.

Ich hob die Fliederzweige auf und ordnete sie erneut sorgfältig in der richtigen Länge – doch als ich sah, daß sie wieder auf die

Brücke zulief und gleich wieder über die Balken springen würde wie ein Leopard oder wie eine Wildkatze oder wie weiß Gott was, schrie ich: »Fall doch, fall doch.«
Sie hielt auf dem wackligen Balken inne, dessen glattere Seite jetzt durch die Kippbewegung oben lag, und trat seitwärts auf den linken Stamm, und während sie breitbeinig auf ihm stand, zog sie, den Rücken zum Fluß, den Balken ins Wasser.
Als ich mit großer Mühe auf die andere Seite gelangt war, den Flieder in der Hand, ließ ich mich am Efeu entlang hinuntergleiten oder, besser gesagt, -fallen.
Daß sie oben war, hörte ich an Pastor und Pfarrer, die sie anschrien.

Ich wollte noch nicht nach oben und ging zu der trockenen Stelle auf der Galerie, um mich anzuziehen, und wenn ich noch nicht gelacht hätte, hätte ich es jetzt tun können, denn in einer Ecke fand ich einen Stapel Affenzeichnungen in wilden Farben von Jawson Wood – leicht angeschimmelt und in altmodischen Schnörkelrahmen.
Es regnete noch immer; ich kämmte mir das Wasser aus dem Haar und dachte, daß es ein langer Weg gewesen war von Digne nach Luxemburg über Paris und über Calais.
Unterwegs gibt es große Städte, schmutzige Städte, vor denen man Angst hat, die man nur mit einem grauen Stift würde zeichnen können. Wenn man dort ankommt oder frühmorgens, mit der Sonne, aufbricht, so tut sich ein graues Licht auf, und die ersten Leute kommen zu den Straßenbahnen und Bussen. Sie grüßen einander schweigend mit einer Bewegung der Hand oder über die Straße hinweg mit irgendeinem Schrei, und ich laufe hindurch und höre es.

Zuerst war ich auf dem Weg nach Paris, und dabei gab es eine Nacht, in der ich auf einer Parkbank schlief, in Grenoble.
»Wenn Sie zu der Fernfahrerkneipe gehen«, hatte der Mann, der mich dort absetzte, gesagt, »finden Sie bestimmt einen großen Lastwagen nach Paris oder nach Lyon.«
Ich fand keinen, denn niemand wollte mich mitnehmen. So saß ich bis zwei Uhr nachts an einem Tisch gleich neben der Theke und trank Beaujolais, während immer wieder andere Fahrer hereinkamen, um schnell einen Pernod oder Cognac zu nehmen. Sie brachten einen üblen Geruch nach Öl und Schweiß mit. Draußen hörte man immer wieder das Bremsen und Starten der schweren Wagen.
Von Zeit zu Zeit ging ich hinaus. Das nächtliche Spiel an einer Fernfahrerkneipe ist faszinierend: Man sieht die Wagen schon von weitem kommen, zwei riesige Lichter vorn und über der Windschutzscheibe des Führerhauses ein drittes, giftiges Auge.
Dann schwingt der lange orangefarbene Winker weit heraus, und man weiß, daß dann auch hinten rote Lichter an und aus gehen, an und aus, denn dieses Spiel hat seine Regeln, und ein Fehler kann tödlich sein. Der Motor heult noch einmal auf und verstummt dann, aber die Führerhaustüren zerschlagen die Stille der Nacht ein weiteres Mal, und ein Mann mit grauem, unrasiertem Gesicht sieht dich müde und ungeduldig an, wenn du nach einem Platz fragst, einem Platz bis nach Paris.
Aber es ist ihnen verboten – der Chef, nicht wahr? Ein Unfall, die Verantwortung? –, und sie gehen hinein, geben einander die Hand und trinken und reden eine Weile. Sie hören die Neuigkeiten über die Fahrer ihrer Firma von dem Mädchen an der Theke, und kurz darauf sind sie wieder weg, einsam gegen die

Nacht und den Schlaf kämpfend, gegen die Straßen, die oft zu schmal sind für ihre gewaltigen Wagen.

Nach Paris bin ich trotzdem gekommen, am nächsten Tag, denn nachdem ich von der Fernfahrerkneipe weggegangen war und auf dieser Bank geschlafen hatte, wurde ich kalt und steif wach und marschierte langsam aus Grenoble hinaus, bis ein Lastwagen von hinten ankam. Anstatt der rituellen Geste mit dem Daumen nach oben winkte ich mit beiden Armen.

Er hielt an.

»Paris«, schrie ich, aber er verstand mich nicht, weil der Motor lief.

»Paris«, schrie ich. »Est-ce que vous allez à Paris?«

Er rief von oben: »Paris, aber fix, allez vite, hinter mir kommt noch ein Lkw.«

Da war es ungefähr fünf Uhr morgens, und ich war glücklich, weil ich jetzt nach Paris kommen würde, denn auf dem Hinweg war ich über Reims gefahren und hatte Paris rechts liegengelassen.

O ja, ich glaube, ich fühlte mich wie ein Römer, der zum erstenmal in Athen ist.

Aber die Stadt selbst war heiß und dem Fremden, der ich war, nicht freundlich gesinnt. Von den Halles, wo der Fahrer mich abgesetzt hatte, fuhr ich mit der Metro zur Porte d'Orléans, denn ich mußte zur Jugendherberge in der Nähe des Boulevard Brune.

Es war voll, und in der beklemmenden, feindseligen Atmosphäre der U-Bahn fühlte ich mich schmutzig und müde. Die Fahrt dauerte lang, und ich war froh, wieder nach oben zu kommen. Die Jugendherberge liegt ungefähr zehn Minuten von der Metro entfernt, und ich kam gerade noch rechtzeitig, um mein Gepäck abzugeben, denn von zehn bis fünf sind die Türen geschlossen. Ich irrte an dem Tag durch Paris und fühlte mich fremd und verloren unter all den Menschen, die lachend und redend an mir vorbeigingen; schließlich flüchtete ich zur Pointe de la Cité, hinter das Denkmal Heinrichs IV. Das fahle Wasser der Seine vereinigt sich an der Spitze der Insel wieder, und wenn Boote vorbeifahren, schlägt es gegen die Steine.

Daß es nicht fair ist, so über Paris zu schreiben, weiß ich, denn dies alles habe ich nicht auf der Galerie von Feys Haus gedacht, sondern erst viel später, als die Freude des Römers in Athen gedämpfter geworden und schließlich verschwunden war – in der Zeit meiner Armut in dieser Stadt und der Armut, die dann sofort um einen ist.

Aber damals war es noch nicht soweit. Ich war zum erstenmal in Paris, und Paris war großartig – die Sonne schien, und ich lag an der Ufermauer der Insel und lauschte dem Atmen der Stadt hinter den hohen Bäumen der Seineufer auf beiden Seiten und dem Wasser. Dann bin ich Vivien begegnet, und sie war das Verbindungsglied zu Calais – alles war geordnet, und es ist noch immer eine Geschichte.

Sie lachte zu laut, das ist es, es war in der Auberge, und sie lachte zu laut, aber als ich das Gesicht suchte, das so lachte, fand ich nur ein ganz gewöhnliches Gesicht, mit vielen Linien um die Augen, wie bei Menschen, die Kummer haben oder gehabt haben.

Ich finde es lächerlich, dachte ich, ich finde es lächerlich, daß –jemand mit so einem Gesicht so fröhlich ist, und das habe ich ihr auch gesagt, am Abend.

Es war ein vergnügter Abend, denke ich. Australier waren da und Ellen, Viviens Freundin, und einer aus Utrecht. Irgendwo

in der Bar sang jemand gegen eine Harmonika an, und an der Zinktheke wusch der Wirt klirrend die Gläser. Es war sehr rauchig, und draußen wartete alles auf ein Gewitter.
»Woran denkst du?« fragte Vivien. Und plötzlich merkte ich, daß sie meine Hand zu streicheln begann.
Ich sah sie an. Sie ist alt, dachte ich, und sie hat ein gewöhnliches Gesicht. Die Australier und Ellen brachen auf, aber Vivien wollte nicht mitgehen. Der Utrechter blieb auch, er hatte den Nachtschlüssel. Vivien und ich hatten keinen.
»Warum sagst du nichts«, flüsterte sie. Sie beugte sich zu mir vor mit einer kleinen Kopfbewegung zu dem aus Utrecht: »Three is a crowd.«
In der Metro, auf der Rückfahrt zur Porte d'Orléans, streichelte sie noch immer meine Hand, weil ihr das offenbar angenehm war. Ich wollte das eigentlich nicht, denn ich fand es nur lächerlich. Das ist nicht ehrlich, es stimmt nämlich so nicht, aber jedenfalls dachte ich damals, sie wollte, daß ich sie küßte und festhielte, und ich dachte, ich würde das sicher nicht gut machen oder nicht gut genug, denn sie war schon alt, und ich wußte, daß sie bereits mit vielen Männern geschlafen hatte, obgleich sie davon nichts erzählt hatte.
Soit. Der Schlüssel war draußen, Utrecht war drinnen, ich küßte sie und spürte, wie warm sie war, doch plötzlich merkte ich, daß nicht ich sie küßte, sondern sie mich, und daß sie mich festhielt und streichelte.
Sie sagte, und ich spürte auch ihre Stimme, weil sie so nah bei mir stand: »Du bist so merkwürdig, du, deine Augen ...«
Dann sagte sie nichts mehr, sondern atmete schwer und ließ mich los.
Wir gingen langsam zurück, wieder zum Boulevard Brune,

und in einer Bar tranken wir Kaffee. Dort spielten junge Arbeiter Tischfußball, und ich habe allen Grund, mich an ihr Aussehen zu erinnern. Zwei trugen Overalls, die drei anderen billige, auffällige Kleidung. Das laute Klappern des Dings und ihre rauhen, unartikulierten Schreie übertönten die Patachou-Platten.

Zwei der jungen Männer stellten sich zu uns.

»Vous êtes Américains?« fragte einer.

»Ah non, sie ist Irin, Irlandaise«, sagte ich. »Ich bin Holländer.«

»Nein«, sagte er, »Amerikaner.« Er war leicht betrunken und rief die anderen.

»Das sind Amerikaner«, sagte er. Und zu uns: »Würden Sie etwas mit uns trinken?«

Dies ähnelte dem, was wir in dem Büchlein des Utrechters über den Charakter der Pariser gelesen hatten, und wir nahmen das Angebot an, aber ich spürte, wie Vivien unter dem Tisch mein Bein zwischen ihre Beine nahm, und ich verstand, daß sie wegwollte, und ich selbst wollte auch weg, denn ich hatte Angst, daß sie es sehen und etwas dazu sagen oder darüber lachen würden.

»Das französische Proletariat«, sagte einer der Arbeiter, »bietet dem amerikanischen Kapitalismus etwas zu trinken an.« Die anderen lachten, sie standen jetzt im Kreis um uns herum und schauten zu, wie wir Kaffee tranken

»Keine Amerikaner«, sagte ich. »Sie kommt aus Irland, Dublin, und ich bin aus Holland. La Hollande, Pays-Bas, Amsterdam.«

»Nein«, sagte der Älteste oder der Anführer, der ein wenig betrunken war.

»Amerikaner, New York. How do you do. Américains, capitalistes.«

Wir tranken unseren Kaffee aus, bedankten uns und schüttelten ihnen die Hand. Sie brachten uns an die Tür, und ich sah, daß sie uns noch nachschauten, als Vivien mich nach hundert Metern küßte.

Ich zog sie weiter. Und plötzlich merkte ich, daß sie hinter uns herkamen.

»Sie folgen uns«, sagte ich.

Vivien blickte zurück. Sie waren schon nahe herangekommen, und als wir unsere Schritte beschleunigten, begannen sie zu laufen.

»Laß uns rennen«, sagte ich zu ihr, »wenn wir schnell rennen, sind wir gleich da, es ist nicht weit.« Aber sie wollte nicht rennen, und gleich darauf hatten sie uns eingeholt. Wir blieben stehen, und weil niemand etwas sagte, war es merkwürdig und ein wenig beängstigend, wie sie um uns herumstanden und grinsten.

Schließlich begann der Anführer, der uns den Kaffee spendiert hatte, zu sprechen.

Er packte mich, »da wäre noch was Spezielles«, sagte er. »Nichts Schlimmes, aber na ja.« Er war jetzt richtig betrunken.

»Etwas Unangenehmes«, seufzte er. Die anderen schwiegen und standen im Kreis um uns herum.

»Was wollen die?« fragte Vivien. Sie verstand kein Französisch.

»Ich weiß es nicht«, und zu dem Mann, der mich festhielt, sagte ich: »Was wollen Sie? Lassen Sie mich los.« Er packte mich am Hals, schüttelte mich durch.

»Reiß bloß dein Maul nicht so auf, du dreckiger Ami mit deiner blöden Fresse«, schrie er. »Ist ja nur, weil du ein Mädchen bei dir hast.«

Er ließ mich kurz los. Ich hatte Angst. »Laß uns wegrennen«, sagte ich zu Vivien.

Sie aber sagte: »Was wollen die?«, und ich schrie: »Ich weiß es nicht, sag ich dir doch.«
Der Anführer packte mich wieder. »Da gibt es ein Problem«, sagte er. »Etwas mit der Kasse. Die Kasse im Café stimmt nicht. Nur eine Kleinigkeit.«
Ich merkte, daß ich sehr müde war. Auf der Straße waren keine Leute mehr.
»Es ist sehr ärgerlich«, sagte er wieder gedehnt. »Sehr unangenehm, eine Kleinigkeit. Vielleicht können Sie mit zurückkommen ins Café?«
»Gut«, sagte ich, »wir fragen den Wirt«, und wir gingen alle langsam in die Richtung, dumm und stumm, wie Vieh, bis sie wieder stehenblieben. Ich wollte weitergehen, doch er schrie wieder los: »Hör jetzt bloß auf, du da, hör du bloß ... du verdammter dreckiger ...«, aber er bekam den Satz nicht hin.
»Ich dachte, wir gehen ins Café zurück«, sagte ich, doch er packte mich wieder an den Kleidern und preßte mir seine große Faust an den Mund, und ein anderer legte mir die Hand über die Nase, so daß ich keine Luft mehr bekam. »Wenn du kein Mädchen bei dir hättest«, schrie er wieder und fluchte; und dann ließen sie mich plötzlich wieder los, und er begann weinerlich zu jammern: »Es ist so unangenehm, ich kann es nicht erklären.«
Ich ging langsam rückwärts, bis ich das Messer sah, das einer der anderen in der Hand hielt. Fast wie im richtigen Leben, dachte ich, und das Messer ist rostig, und ich fragte: »Wieviel?«
»Sechshundert«, sagten sie.
»Sechshundert«, sagte ich zu Vivien, denn ich hatte kein Geld bei mir.
»Warum?« fragte sie, aber ich gab keine Antwort.

»Frag doch, worum es hier geht.«
»Sie sind betrunken«, sagte ich, »das siehst du doch.« Sie griff nach ihrer Brieftasche.
»An Irishman would have fought the lot of them«, sagte sie. »Eins, zwei, drei, vier.«
Sie zählte die Hundertfrancscheine in die wartende schwitzige Hand.
»Das sind erst vier«, sagte er, »und du hast da noch einen Tausender.«
»Frag ihn, ob er wechseln kann.«
Als Antwort auf meine Frage wedelte er mit den vier Scheinen, die Vivien ihm gerade gegeben hatte. Sie gab ihm den Tausendfrancschein, und er gab ihr die vierhundert, und dann gingen sie. »Das war sehr unangenehm«, sagte er und gab uns die Hand. Er flennte jetzt wirklich. »Sehr ärgerlich, eine scheußliche Sache.«
Wir sagten beide nichts. Ich wußte, daß sie mich jetzt für einen Feigling hielt, und nach einer Weile fragte ich sie: »Du hältst mich jetzt bestimmt für einen Feigling?«
»No, I'm sorry about that«, sagte sie. »Du kannst dich ja doch nicht schlagen, und außerdem, was hättest du denn gegen die fünf Kerle machen wollen?« Ja, dachte ich, das stimmt, und ich fand eine noch bessere Ausrede: »Weiß der Himmel, was sie dann mit dir gemacht hätten, die waren nämlich betrunken«, und ich dachte: Ein Ire hätte gekämpft, und sie dachte das natürlich auch, blieb aber stehen und sagte: »Wir wollen das vergessen. Ganz vergessen, es ist nicht passiert.«
Wir gingen weiter.
Die Straßen waren still, doch in der Ferne hörten wir die Stadt. Und weil ich wußte, daß Vivien darauf wartete, und weil sie im-

mer wieder meine Hand berührte, nahm ich sie und drückte sie an die Mauer und streichelte sie, aber ich hörte nicht auf zu denken, ich registrierte – anders kann ich es nicht ausdrücken – ihr Gesicht ganz genau, das weiche, kurze Haar auf den Wangen und den tastenden rosa Mund. Doch plötzlich begann sie sich unter meinen Händen zu bewegen, sie schüttelte sich, wie Segelschiffe es manchmal tun, wenn der Wind sie auf eine bestimmte Weise erfaßt, und ich hörte sie sprechen, verstand aber nicht alles.
»Was ist?« sagte ich, »was sagst du da?« und ich ließ sie langsam los.
Aber sie wandte den Kopf ab und ließ den Mund offen. So stand sie einen Augenblick da.
»Wie alt bist du?« fragte sie dann.
»Achtzehn«, sagte ich.
»Who taught you?«
Mir war nicht bewußt, etwas Besonderes getan zu haben, ich hatte es nur so gemacht, wie ich glaubte, daß man es machen mußte, oder wie ich glaubte, daß andere es machten, oder irgend so etwas.
»Ich habe noch nie bei einer Frau geschlafen«, sagte ich.
Sie nahm mich bei den Schultern und hielt mich ein kleines Stück weit von sich: »Dann tu es nie.«
»Du hast doch bestimmt mit vielen Männern geschlafen«, sagte ich.
Sie nickte, bedächtig, als sei sie im Begriff zu zählen, »aber ich tue es nie mehr.« Und dann begann sie plötzlich zu weinen.
Ich wurde wütend. Keine ritterliche Reaktion, aber so war es.
»Nicht weinen«, sagte ich, »hör auf«, und ich dachte, warum weinen immer alle in meiner Gegenwart, und zum erstenmal

dachte ich wieder an meinen Onkel Alexander und an jenen ersten Abend in Loosdrecht, als er gesagt hatte, er weine nicht.
»Ich weine nicht«, sagte sie. »Aber woher wußtest du, daß ich Kummer habe?«
»Deine Augen«, und ich fuhr mit der Fingerspitze um sie herum, als zeichnete ich eine Brillenfassung, »um die hast du doch diese Linien.« Ich stand noch ganz über sie gebeugt da, während sie an der Mauer lehnte und weinte.
Endlich kam es heraus. »He was so beautiful«, wobei sie das »be« hoch und gedehnt betonte, wodurch das Wort einen eigenartigen, betörenden Klang erhielt.
»Wer«, fragte ich.
»My baby.«
»Du bist Mutter«, dachte ich und fand das merkwürdig. »Ich glaube, ich will jetzt ins Bett«, sagte ich. Ja, und ich gab ihr einen Gutenachtkuß, weil sie mir von dem Mann erzählte, der sie im Stich gelassen hatte, »und er war so schön und groß, und er machte alles so wunderbar; ich hätte ihn leicht zwingen können, mich zu heiraten, leicht, denn er hat es mir selbst angeboten, obwohl er es nicht wirklich gewollt hat. Ich habe es nicht getan, denn ich liebte ihn, was danach kam, war nichts, höchstens Betäubung.«
Sie hob den Kopf ein wenig und sah mich scharf an. »Du hast merkwürdige Augen«, sagte sie wieder, »verführerische Augen, ich glaube, bei Tageslicht sind sie grün; Katzenaugen.«
Sie haben alle Farben, dachte ich, und sie schob ihre Hände unter meine Kleider und sagte, ich solle das auch tun, und so fühlte ich, daß sie weich war, und weil ich meine Hände nicht still hielt, begann sie sich wieder zu bewegen und leicht zu keuchen, so daß ich dachte, wenn ich dein Keuchen nicht hören

will, muß ich selbst keuchen, und wenn ich nicht spüren will, wie du dich unter mir bewegst (denn wir hatten uns ins Gras gelegt, auf ihren Regenmantel), muß ich mich selbst bewegen, und ich versuchte, es genau so zu machen, wie man es manchmal in Filmen sieht, und dazu noch ein bißchen zu schnaufen und mich zu bewegen, wie sie, aber ich konnte es nicht, weil ich es so lächerlich fand, und vielleicht auch, weil ich die ganze Zeit daran denken mußte, daß sie alt war und gewöhnlich und eine Mutter, aber ich glaube nicht, daß sie das merkte. Schließlich lag ich still, und sie sagte: »Wie mager du bist.«

»Das Kind«, fragte ich, »das Kind, wo ist es?«

»Ich habe es weggeben müssen«, flüsterte sie, und jetzt war sie wirklich sehr traurig. »Ich habe ihn weggeben müssen, und jetzt darf ich ihn nie mehr sehen, ich habe versprechen müssen, daß ich es nie versuchen würde. Er ist jetzt bei Pflegeeltern. Es war das schönste Baby, das es je gegeben hat.«

»Ja«, sagte ich.

»Er war groß und stark. Jetzt bekommt er einen anderen Namen, und er wird nie erfahren, daß die andere nicht seine Mutter ist und wer ich bin, aber ich mußte ihn weggeben, ich bin nämlich Krankenschwester in einem großen Sanatorium östlich von London, in dem ich auch wohne, und ich konnte ihn da nicht behalten, als ich nach seiner Geburt wieder dorthin zurückkam.«

»Ja«, sagte ich und stand auf. Ich fror und war steif und hatte Schmerzen.

»Küß mich«, sagte sie, und ich küßte sie wieder so fest ich konnte, weil ich gemerkt hatte, daß sie das am liebsten hatte, und dann ging ich schnell hinein, weil ich müde war und schlafen wollte. Sie hatte ein Zelt draußen, gemeinsam mit Ellen.

Am nächsten Tag sah ich etwas Merkwürdiges, etwas, was ich noch nie gesehen hatte. Ich hatte mich mit Vivien um ein Uhr mittags beim großen Teich im Luxembourg verabredet, auf der Seite der Rue des Médicis. Ich war schon um elf Uhr da, weil es mir dort gut gefiel, ich saß am Rand der Grasfläche und schaute mir die Leute an, die vorbeikamen. Mein rumänisches, handbesticktes schwarzrotes Käppchen wurde zum Anlaß eines kleinen Abenteuers, das mir viel später, als ich mich in dieser Stadt in Not befand, indirekt noch zu einer schmutzigen, schlecht bezahlten, aber notwendigen Arbeit verhelfen sollte. Ich merkte, daß jemand mich fixierte und daß er sich – denn es war ein junger Mann – auf einen anderen Stuhl setzte, als ich vorgab, nicht zu ihm hinzuschauen. Noch später stand er wieder auf und ging hinter mir vorbei. Ich wartete darauf, daß er mich ansprechen würde. Seine Stimme war sanft, und sogar ich hörte, daß sein Französisch einen fremden Akzent hatte.

»Kommen Sie aus Jugoslawien?«

»Nein«, antwortete ich, und eigentlich tat es mir leid, denn ich hörte seiner Stimme an, er hätte es gern gehabt, wenn ich aus Jugoslawien gekommen wäre.

»Nein, ich bin Holländer, und das Käppchen stammt aus Rumänien.« Der Mann oder, besser gesagt, der Junge war ein politischer Immigrant, und er erzählte von seinem Land, und später gab er mir einen Bon für eine Mahlzeit in einem der Foyers Israélites, so daß ich dort mit Vivien essen ging, denn er selbst hatte schon gegessen.

Sie sah an diesem Tag nicht so alt aus, weil sie es nicht wollte, und sie sah aus, als sei sie fest entschlossen, viel Spaß zu haben und zu lachen.

Das »Foyer« war voll und laut, aber das fanden wir damals gemütlich, und wir beobachteten die jüdischen Jungen, von denen manche ein schwarzes Käppchen trugen wie mein Onkel Alexander, und wir lauschten den Sprachen, die dort gesprochen wurden.

Danach hatte ich zur Île gehen wollen, aber Vivien wollte zurück zur Jugendherberge.

»Warum«, fragte ich, »die ist doch bis fünf geschlossen.«

»Mein Zelt doch nicht.«

Und da ich mit ihr zurückging, sah ich, wie sich ihr Gesicht veränderte. Es war warm im Zelt, und sie schmiegte sich an mich und sagte nichts, und ich sah sie eigentlich nicht an. Aber später lag ich auf ihr und sah, daß sich ihr Gesicht verändert hatte. Es war jung, und das Sonnenlicht, das auf das orangefarbene Zelttuch schien, gab ihm einen verwirrenden orangefarbenen Schimmer.

Ich liebte sie ganz sicher nicht, denn ich dachte, das chinesische Mädchen zu lieben, falls ich es je finden sollte, doch die Verzauberung war da, und ich strich sanft über dieses fremde Gesicht, das ich noch nie zuvor gesehen hatte, und das Gesicht schimmerte, und es war, als berührte ich es nicht oder könnte es überhaupt nicht berühren.

»He«, sagte ich leise, als glaubte ich, sie sei vielleicht für einen Moment unerreichbar geworden, wie ihr Gesicht. Aber sie war noch da, und ich sagte: »He, dein Gesicht ist ja ganz anders geworden.«

Sie lachte langsam. »Wie?« fragte sie.

»Ich weiß nicht.« Ich versuchte, darüber nachzudenken. »Es ist jünger«, sagte ich. »Und ich glaube, es ist schön.«

Sie lachte noch immer, ein wenig rätselhaft, und dadurch war sie nicht mehr gewöhnlich, sie schien glücklich. Aber trotzdem

hob sie die Arme, und obwohl sie lachte, meinte sie eigentlich etwas anderes, als sie sagte: »Das hier hast du nicht gesehen, nicht wahr?«
»Was denn?« Ich hatte nichts gesehen.
»Eigentlich sollte ich es dir nicht erzählen«, sagte sie, »ich bereue es nämlich, weil es feige war«, doch mittlerweile hatte ich die beiden merkwürdigen Streifen an der Innenseite ihrer Arme, in Höhe der Ellbogen, schon entdeckt.
»Wie?« fragte ich.
Sie wandte das Gesicht ab, so daß ich sie nicht mehr ansehen konnte.
»Mit einem Rasiermesser«, sagte sie. »Aber es war im Krankenhaus, und ich hatte die eine Ader nicht richtig getroffen, und weil sie mich so schnell gefunden haben, hatte ich keine Chance zu verbluten.«
»Oh«, sagte ich, und obwohl das Gesicht weit weg war, strich ich vorsichtig mit den Lippen darüber.
Jetzt hätte sie, das wußte ich, gern gewollt, daß ich mit ihr schliefe, obwohl sie mich natürlich für einen Feigling hielt, weil ich an dem bewußten Abend nicht gekämpft hatte und ich eigentlich auch nicht so hübsch und groß war wie andere Männer, so daß ich möglicherweise nicht so gut auf ihr liegen konnte, aber jedenfalls ging es nicht, weil Ellen hereinkam, und am nächsten Tag wollten sie abreisen.

An dem Abend beschlossen wir, einen Wettstreit zu veranstalten. Es ging darum, wer zuerst per Anhalter in Calais war.
Wir, das waren Genevieve, ein amerikanisches Mädchen, die beiden Australier, Ellen, Vivien und ich. Eigentlich wollte ich überhaupt nicht nach Calais – ich hatte sowieso nicht genug

Geld, um nach England zu fahren –, aber ich dachte, wenn Vivien weg wäre, hätte ich niemanden mehr, den ich kannte. Das ist immer so geblieben, auf allen meinen Reisen, ich bin immer ein Verlierer, weil ich mich zu sehr an Dinge hänge oder an Menschen, und so ist Reisen kein Reisen mehr, sondern ein Abschiednehmen. Ich habe meine Zeit damit verbracht, Abschied zu nehmen und mich zu erinnern und Adressen in meinen Notizbüchern zu sammeln, wie kleine Grabsteine.

Am nächsten Tag stand ich um sechs Uhr auf. Paris war mißmutig und unangenehm feuchtkühl. Ich wußte nicht, ob ich der erste war, der aufbrach, aber ich war fest entschlossen, am Abend in Calais zu sein, denn ich wollte mir selbst beweisen, daß ich dazugehörte – zu den anderen und zu dem Wettstreit. Merkwürdigerweise dachte ich den ganzen Tag daran, daß Vivien abends auch dasein würde, denn ich zweifelte keinen Moment daran, daß die Mädchen vor mir ankommen würden.

Ich fuhr mit der Metro zur Porte de la Chapelle und von dort mit dem Bus in Richtung Saint-Denis. Es hatte wieder zu nieseln begonnen, und es gab keine Bäume, so daß ich naß wurde und schmutzig. Außerdem wollte ich nicht sofort den Daumen hochstrecken, denn solange noch Häuser an der Straße stehen, habe ich das Gefühl, die Leute beobachten mich hinter ihren Gardinen, und meistens ist es auch so. Ich hatte an dem Tag nicht viel Glück, denn ich wurde immer nur kurze Strecken mitgenommen, und es gab nicht sehr viel Verkehr, so daß ich manchmal lange mit meinem schweren Gepäck zwischen Getreidefeldern und Wiesen zu Fuß gehen mußte, denn es war unmöglich, sich kurz mal hinzulegen oder auch nur zu setzen, weil alles von dem feinen Regen so naß war. Ich erinnere mich, daß es beim Gehen sehr still war, denn ich war allein.

Das erste Auto hatte mich nach Chars gebracht, was eigentlich auch abseits der Strecke liegt, die über Beauvais führt, so daß mir von dort aus nicht viel übrigblieb, als nach Gournay zu fahren und dann nach Abbeville.

Ich bekam einen großen Lastwagen.

»Und alles ist korrupt«, rief der Mann, »das Parlament, die Minister, alles ...«

»Ja«, sagte ich, und seine Ladung und die vibrierenden Eisenteile im Führerhaus applaudierten nachdrücklich, weil die Straße so schlecht war.

Wir rauchten unsere Gitanes, und ich gab mir große Mühe, ihn zu verstehen und rechtzeitig eine zustimmende oder verneinende Antwort zu geben, auf die er zu warten schien, um fortzufahren.

»Und das Schönste ist, alle Minister, und wenn sie auch nur eine Woche im Amt waren ...«

Ob Vivien schon in Amiens war, dachte ich, oder nahm sie auch diesen Weg?

»... bekommen für den Rest ihres Lebens eine fette Pension.«

»Ja«, sagte ich und wollte ihn eigentlich fragen, ob er vielleicht zwei Mädchen gesehen hätte, die eine mit einer kleinen irischen Flagge, und er fluchte, weil die Scheibenwischer nicht funktionierten, denn der Regen nahm jetzt an Heftigkeit zu und schlug mit gemeinen Güssen gegen die Windschutzscheibe, so daß er die Geschwindigkeit drosseln mußte.

»Und dann dieser Krieg«, rief er, »der uns jeden Tag eine Milliarde kostet, ahaha, c'est trop intelligent, l'homme, même plus que les bêtes. Merde«, und er wartete, bis wir kurz vor einem

Schlagloch waren, so daß er die volle Zustimmung von Wagen und Ladung erhielt, als er mit ausgestrecktem Arm prophetisch auf die im Regen nun fast unsichtbare Straße starrte und verkündete: »Frankreich ist am Ende. Europa ist am Ende.«

Jedenfalls kam ich in Calais an. Vom grauen, trostlosen Boulogne in einem fettigen, stinkenden Ölwagen ins noch grauere Calais, auf einer Straße, über die jetzt vom Meer her dichte Nebelschwaden trieben. Es war, als hielte das schwere Führerhaus dem Druck der Hoffnungslosigkeit und des Widerwillens da draußen kaum stand. Acht Uhr war es, als mein Fahrer mich im Zentrum absetzte. »Au revoir.«

»Ja, au revoir.« Der Regen prasselte herab, und die Straßen waren schmutzig und voller Pfützen. Ein junger Mann in kurzer Lederjacke und Bluejeans sah zu, wie ich, den Pfützen nach Möglichkeit ausweichend, auf ihn zuging. Er hatte ein hartes, bösartiges Gesicht mit einem kurzen, dürftigen Bart.

»Wissen Sie vielleicht, wo hier die Jugendherberge ist?« fragte ich ihn, während ich mir das Wasser aus den Augen wischte. Er sah mich zunächst an, ohne eine Antwort zu geben.

Dann spuckte er kräftig in eine Pfütze und sagte: »Die liegt drei Kilometer von hier an der Straße, auf der du gerade gekommen bist. Ich muß auch dorthin, geh einfach hinter mir her.«

Ich fragte ihn, ob er vielleicht zwei Mädchen gesehen hätte, eine Irin und eine Engländerin, aber er spuckte wieder und sagte: »Nein«, und ging los.

Mir klebten die Kleider am Leib, und weil ich tagsüber noch nichts gegessen hatte, fühlte ich mich krank, aber er ging vor mir her durch den Regen, der mir ins Gesicht schlug, bis es kalt geworden war wie Marmor und ohne Gefühl, und von Zeit zu

Zeit spuckte er mit einem rauhen Räuspern aus und schwieg. Ich haßte Calais. Wir gingen über Sand und Kohlengrus, der Boden war aufgeweicht und matschig, und die Häuser standen unbeirrt und jämmerlich in diesem Regen. Schmutzige Kinder mit bleichen Erwachsenengesichtern betrachteten uns hinter schmuddeligen Gardinen ohne irgendeine andere erkennbare Regung in ihren Gesichtern als tödliche Langeweile. Hier und da waren Lücken zwischen den Häusern, und dort lag dann Abfall und rostiges Eisen, und ein dreckiger Hund bellte uns böse an, um den Unrat, den er vielleicht noch irgendwo hervorscharren würde, von vornherein gegen uns zu verteidigen.

Die Jugendherberge selbst lag in einer Nebenstraße dieser Straße nach Boulogne. Es war ein flaches Holzgebäude – und es war niemand da.

Ich hatte die Wette gewonnen – und war betrübt, da ich nun den Abend allein sein würde mit dem Algerier, denn um einen solchen handelte es sich, und ich dachte, daß ich mit ihm an einem Tisch sitzen und er nichts sagen würde, nur spucken. Gegen zehn kam einer der Australier, ein großer roter Mann mit einem Heinrich-VIII.-Bärtchen, und obwohl ich ihn in Paris eigentlich nicht wahrgenommen hatte, war mir jetzt, als käme ich nach Hause, aber er wußte nichts von Ellen oder Vivien und auch nichts von den anderen. »Vielleicht«, sagte er, »haben sie die Sechs-Uhr-Fähre noch erwischt, nach Dover.«

Dann sind sie schon in England, dachte ich, dann sehe ich sie nicht mehr.

Am späteren Abend trafen noch andere Anhalter ein. Sie brachten den Regen in ihren Kleidern mit und die Erinnerung an einen elenden Tag, aber Vivien war nicht dabei, und niemand hatte sie gesehen.

In der Nacht fror ich, weil ich nicht genug Decken hatte, und ich war froh, als der Tag kam, aber er brachte nur neuen Regen, und meine Kleider waren noch naß. Draußen war es trübseliger denn je.

Nachts war, als wir schliefen, auch der andere Australier eingetroffen. Er hatte Vivien nicht gesehen, so daß es nun praktisch sicher war, daß sie nicht mehr kommen würde. Die Australier fragten, ob ich mitkäme, ihre französischen Francs vertrinken, und das tat ich. Es war ein kleines Lokal in der Nähe der ›Bürger von Calais‹ von Rodin. Wir aßen nur Pommes frites, und danach tranken wir jeder eine Flasche billigen algerischen Wein. Das letzte Glas tranken wir auf Vivien, weil sie in England war. Aber sie war nicht in England, denn als wir Arm in Arm zum Paßbüro im Hafen kamen, stand sie in der Schlange vor dem Zoll. Sie war gestern nur bis Boulogne gekommen.

»Vivien«, rief ich. »Vivien.« Aber sie sagte, ich sei betrunken, und ich begann zu weinen, weil ich genau wußte, daß das nicht stimmte. O ja, und küssen wollte ich sie, aber sie schob mich sanft von sich und sagte, ich solle ihr vom Strand aus Lebewohl winken.

»Gut«, sagte ich, »ich werde dir vom französischen Strand aus Lebewohl winken«, aber ich konnte den französischen Strand nicht finden, denn überall waren Häuser, und am Hafen war kein Strand. Ich fragte jemanden, wo der Strand sei, der französische Strand, aber keiner verstand mich, und darum bin ich einfach in die Richtung weitergegangen, in der ich hinter den Straßen das Meer vermutete, und endlich fand ich das Meer, und es war ruhig und ein wenig traurig im Regen. Und England lag als Schatten in der Ferne, schaukelnd auf den Wellen.

Ich erwachte vom Tuten der Fähre. Aber es war nicht Viviens Ein-Uhr-Fähre, sondern die späte, und obwohl es noch so früh im Juni war, war es durch den Regen und die Leichenfarbe des Himmels bereits dunkel um mich herum.

Dreimal tutete die Sirene der Fähre wie ein alter melancholischer Elefant, und im Liegen sah ich sie davonfahren, aber ich wußte, es war nicht Viviens Schiff, und meine Hand, die hatte winken wollen, blieb in einer erstarrten, albernen Gebärde einen Augenblick lang in der Luft.

Langsam erhob ich mich, meine Kleider waren schwer vom Wasser, und ich hatte rasende Kopfschmerzen.

»Vivien«, sagte ich, »Vivien.« Aber ich lachte laut, weil ich mir nichts aus ihr gemacht hatte. Ich brüllte vor Lachen und schlug mir mit der Hand auf die Beine, so daß das Wasser aus meiner Hose platschte, denn ich hatte sechs Stunden im Regen gelegen, und ich lachte, weil mir übel war und weil sie ein altes Gesicht hatte und wollte, daß ich sie küßte.

Und da merkte ich, daß mich jemand beobachtete, und ich blieb wie erstarrt stehen, so daß das Lachen ängstlich vom Strand verschwand und nichts mehr zu hören war außer dem Meer und einer kreischenden Möwe hier und da.

Ich drehte mich um und sah sie für einen Augenblick.

Sie trug eine enge schwarze Kordhose, ohne Aufschläge, eine dunkelgraue Windjacke, aus der der hohe schwarze Kragen eines Wollpullovers hervorsah, und ihr schwarzes kurzes Jungenhaar war stumpf und zerzaust vom Regen. Sie hatte Haare in der Farbe von Krähenfedern, und ihre Augen standen sehr groß und braun in dem schmalen chinesischen Gesicht.

Ich wußte, dies war das Mädchen, aber eigentlich konnte man es nicht erkennen, denn sie sah aus wie ein kleiner ernster

Junge, und sie stand so nah, daß ich sie fast berühren konnte, ja, ich konnte ganz deutlich erkennen, daß sie den Mund auftat, wie um etwas zu sagen, aber dann trat sie plötzlich einen Schritt zurück, weil ich mich bewegt hatte, und rannte davon. Sie kletterte auf einen Dünenhang und schaute von dort einen Augenblick lang zu mir. Ich war ihr nicht gefolgt, denn mit meinen schweren, nassen Kleidern konnte ich nicht schnell laufen.
»Nicht weglaufen«, rief ich, »nicht weglaufen, warte doch auf mich.«
Aber sie verschwand hinter der Düne, und ich blieb wieder allein mit dem Sand und dem Meer.
Langsam ging auch ich zurück, ihren Spuren folgend, bis ich wieder zu einer Straße kam.

2 Und das war also die erste Straße, auf der ich ihr folgte. Aber danach?

Anfangs standen noch ihre Fußstapfen im nassen Dünensand von Calais, oh, und später gab es Leute, die sie in Luxemburg oder in Paris oder Pisa gesehen hatten, doch was tut das eigentlich schon zur Sache. Es ist eine Geschichte, und ich habe diese Geschichte einmal erzählt, einem Freund, aber wohlgemerkt: in der dritten Person – *und langsam ging auch er zurück, ihren Spuren folgend*, und damit handelte es sich um einen anderen und nicht länger um mich, denn ich wollte nicht, daß mir das widerfahren war.

Ein anderer und nicht ich, der, als er endlich in der Auberge ankam, hörte, sie sei in dieser Nacht spät eingetroffen, nach allen anderen, und schon wieder fort. Wohin? Wohin, wußte niemand, denn im Gästeregister hatte sie neben diese Frage ein Fragezeichen gemalt. Er also, ein anderer, und nicht ich, der die Namen der großen europäischen Städte auf ein Blatt schrieb und dann blindlings den Finger auf dieses Blatt setzte und Brüssel traf und daher am nächsten Tag wieder aufbrach, wissend, es war kein anderer, sondern ich, der von Calais nach Dünkirchen trampte.

Und warum? Warum saß ich nicht in einem Büro, wie die anderen, warum stand ich im Regen am Straßenrand, während sie arbeiteten? Eine Straße, ich weiß jetzt, was eine Straße ist, denn ich habe sie gesehen und gekannt, gesegnet in Rot und Rosa durch die erste und letzte Sonne, endend an einem vom Regen umfangenen Horizont, körnig und rissig und voll erstickendem Staub, der mich, den Wanderer, umwirbelt und in mich eindringt; oder kriechend und sich windend mit einem Gesicht, härter als das Gebirge ringsum; Straßen, eingebettet in das Geheimnis von Wäldern oder sich plötzlich von einer Tagstraße in eine Nachtstraße verwandelnd, mitsamt der Sehnsucht dazu, und alles Straßen, die man zu gehen hat, wenn man schon weit gegangen und müde ist. Müde.

Und bin ich dadurch weniger einsam geworden? Weil Leute mich mitnahmen? Und mit mir sprachen (denn das darf ich mich doch fragen: Bin ich dadurch weniger einsam geworden?), weil Leute mich mitnahmen und mir zu essen und zu trinken gaben?

»Dic nobis Maria, quid vidisti in via«, was hast du auf der Straße gesehen?

»Mors et vita duello conflixere mirando«, Tod und Leben in wunderlichem Zweikampf, denn dieses Bild vermitteln die Menschen, ein Bild von Tod und Leben in wunderlichem Zweikampf, ich, der ich ein chinesisches Mädchen gesucht habe, überall, und verloren habe, und sie, die sie nicht gesucht, sondern mich mitgenommen haben, während sie auf der Suche nach etwas anderem waren, und dann wieder ich, der ruhig dasitzen wollte, um darüber nachzudenken, aber ich hatte schon so viel, zu viel gesehen. Und die Straße, das ist Unruhe, und so weiter, denn es ist doch wohl klar, daß ich das Leben schlecht verstanden habe und noch schlechter geführt, und dennoch! sehr Liebliche, ist das Ergebnis dasselbe.

»Was machen Sie?«

»Ich suche ein Mädchen.«

»Was für ein Mädchen?«

Ein Mädchen mit einem chinesischen Gesicht. Aber ich kann nichts dafür. Niemand darf böse auf mich werden. Ich bin noch ein Kind, und ich habe zu lange im Abend gestanden (wer hat das gesagt?) – ich suche ein Mädchen. Sie muß hier irgendwo sein, vielleicht in Rom, vielleicht in Stockholm oder in Granada, jedenfalls ganz in der Nähe.

»Was machen Sie?«

Ich suche ein Mädchen, was für ein Mädchen, ein Mädchen mit einem chinesischen Gesicht.

»Ja, einmal. Einmal habe ich sie gesehen. Am Strand bei Calais.«

»Nein, vorher nie.« Ja, vielleicht doch einmal, aber da bin ich mir schon nicht mehr sicher, denn es war nicht wirklich, vielleicht habe ich es nur gedacht – ein alter Mann hat mir davon erzählt. Maventer. Er hat mich in ein Dorf gebracht, dessen Namen ich nicht kenne, und seine Hände waren weich wie Mollusken und seine Arme weiß und dick und unbehaart.

Oh, es regnet, aber ich gehe weiter, ich kann jetzt nicht mehr aufhören, mein unruhiges Herz, das Augustinus-Herz, in der Unruhe der Städte oder der Reise.

Ja, ich suche etwas. Ein Mädchen? Ah, ein chinesisches Mädchen. Vielleicht auch etwas anderes. Dies ist ein Bauernhof. Ich stehe hier schon seit sechs Stunden, aber Belgier halten nicht an. Ich bin ein Bettler, aber Bettler sind hier aus der Mode. Warum sind Sie unruhig? All diese Sozialleistungen – ist dieses Leben nicht das wirkliche, gibt es eine andere Welt? Tiens, das sehe ich nicht so, aber wenn Sie es sagen.

Jedenfalls ist dies ein Bauernhof, und vielleicht darf ich hier übernachten, doch sei überzeugt, dies ist nicht die Welt, es gibt ein Paradies nebenan. Ich habe einen Blick hineingeworfen.

Ich durfte dort übernachten, auf dem Heuboden. Paß abgeben, Streichhölzer abgeben, und der Hund heulte und jaulte an seiner Kette, und sie sahen mich spöttisch und mißtrauisch an, aber ich durfte dort übernachten, denn es war wieder Abend geworden und noch weit bis zum nächsten Dorf. Das Heu war warm und kribbelte, ich verkroch mich darunter in einer Ecke, weil es viele Geräusche auf einem Bauernhof gibt, die ich nicht kenne. Merkwürdige Geräusche, die auf einen zukommen, geschützt von der Nacht und im Rücken den Wind von den hohen Bäumen, zu dem sie vielleicht mit langen, wimmernden Mündern sprechen. Aber ich wollte ihnen nicht lauschen, und ich betastete mit den Händen das Heu, um mir besser vorstellen zu können, daß es grün gewesen war und lebendig, daß es sich vor dem Regen geneigt hatte, wie ich.
Aber es wurde toter und toter, bis es nicht einmal mehr die Erinnerung an die Sonne festhalten konnte. Es ist tot, dachte ich, und wenn ich dort draußen nicht den Hund vermutet hätte, die Kette über den Boden schleifend, hätte ich vor Angst geschrien, weil ich unter Toten lag, unter Leichen, die mich bedeckten wie Erde, und ich sprang auf und schlug das Heu von mir ab wie eine Gefahr, aber als ich wieder stillstand und keuchte, hörte ich nur noch, wie es zu meinen Füßen raschelnd in sich zusammenfiel. Ich legte mich wieder hin und überlegte, wie ich nach Brüssel käme und daß sie wohl nicht dasein würde.
Am nächsten Tag war ich gegen Mittag in Brüssel. Es regnete nicht, im Gegenteil, es war warm mit einer erdrückenden Schwüle, als rückte ein Gewitter heran. Mit Mühe bekam ich heraus, wo die Jugendherberge lag, und nachdem ich erfahren hatte, daß sie nicht da oder dagewesen war, mußte ich den Weg

wieder finden, um aus der Stadt hinauszugelangen, da ich nicht wußte, wo ich sie sonst finden konnte in einer so großen Stadt. Aber wohin?

Ich wählte Luxemburg, und warum auch nicht, die Aussicht auf Erfolg war überall die gleiche.

Eine große Stadt auf der Strecke ist ein Horror für den kleinen Anhalter, Städte, in denen man nie bleibt, wie zum Beispiel Lille oder Saint-Etienne, kosten Stunden. Stunden, um nach dem Weg zu fragen, in die falsche Richtung zu gehen, in die richtige Richtung zu gehen, bis man auf der anderen Seite der Stadt ist, wieder sicher auf der großen Straße. Mitgenommen werden bis Wavre, mitgenommen werden bis Namur. Durch Namur zu Fuß, es wird wärmer, und eine Stadt, das sind nur noch Häuser und Hitze, das Gewicht des Rucksacks und die Müdigkeit.

Und dann wieder mitgenommen werden. Reden. Aber dieser Mann erzählt etwas. Seine Frau hat ihn verlassen. Warum erzählt er mir das? Weil er mich nicht kennt. Er fährt weiter, und ich bleibe stehen. Warum sollte er es nicht erzählen, ich bin nur ein Passant, und es erleichtert ihn.

Zwanzig Kilometer vor Marche biegt er links ab. Es wird jetzt dämmrig, und es ist schön hier. Dies sind Tannen, und als ich weitergehe, steht ein Schloß vor mir. Es glänzt in seinem Teich, und wo die Mauern das Wasser berühren, bewegen sich die Tüllsträucher eines kleinen Nebels, als wollten sie mit ihrem kindlichen Gewinke die scharfen Berührungslinien verwischen und sagen, daß das Schloß eine Blume sei, die auf der verhalten atmenden Oberfläche des Wassers schwimme.

Autos kommen hier jetzt nicht mehr vorbei, und ich denke, daß das Schloß um mich herumgehen und mich von hinten packen wird, lieblich, doch es schaukelt ein wenig auf welchem Wind? und fährt über das Wasser des Teichs, während es mich aus den großen Augen seiner Fenster anblickt.

Ein Auto durchbricht das. Es ist ein Lastwagen, und er hält an, ohne daß ich ihn darum gebeten hätte.

»Vous allez *où*«, schreit der Mann.

»Luxembourg!«

»Allez! Montez!«

Später sprechen wir nicht mehr Französisch, sondern Deutsch. Der Mann ist todmüde.

An diesem Tag ist er morgens in Remich mit einer schweren Ladung Weinfässer aufgebrochen, die er nach Antwerpen gebracht hat, um leere zurückzubringen. Jetzt befindet er sich auf dem Rückweg, und er ist müde, so daß ich ihm die Zigaretten anzünde und in den Mund stecke, wie bei einem kleinen Kind, dem man beim Essen helfen muß. Er bittet mich, mit ihm zu reden, denn er hat Angst, einzuschlafen. Und ich rede mit ihm, aber ich muß schreien, weil er mich sonst wegen des Lärms der Fässer hinten und des lauten Motorgeräuschs nicht hören kann.

Ich schreie, bis meine Kehle heiser ist und rauh, und er hört zu und gibt Antworten, zum Wetter, zu den Straßen und Menschen. In Marche hält er an, und wir trinken Bier. Hinter Marche Straßeninstandsetzungsarbeiten über eine weite Strecke, und ich sehe, wie ihm der Schweiß über das Gesicht läuft und durch die Kleider dringt, als er den schweren Wagen durch die einspurige Bahn aus Kies und Sand zwingt, während die Lichter das Dunkel vor uns durchbohren und der Nacht Meter um Meter abringen. Danach halten wir wieder an, um zu trinken, und so bleibt es. Er fährt ein Stück, und weil ihm die Augen zufallen, halten wir wieder an und trinken in einer der kleinen Kneipen an der Straße, wo er sich mit den Leuten unterhält. Sie kennen ihn, er kommt hier häufig vorbei. Jede Woche zweimal der Kampf mit den letzten hundert Kilometern. Fahren, anhalten und in eine kleine Welt aus Licht und Alkohol eintreten und, wenn andere da sind, eine Partie Billard.

»Au revoir, Madame, au revoir, Monsieur«, und dann wieder fahren, bis ihm die Augen matt und tückisch zuzufallen drohen und der Griff um das riesige Lenkrad erschlafft. In Steinfort trinken wir ein Glas Remicher, doch als er eine zweite Partie Billard anfangen will, beschließe ich, in der Jugendherberge anzurufen.

»Wer spricht da«, die Stimme ist weit weg.

»Vanderley«, sage ich.

»Wer?«

»Ist vielleicht ein Mädchen mit einem chinesischen Gesicht gekommen?«

»Was?«

»Ein chinesisches Mädchen. *Chi-ne-sisch.*«

Aber ich bekomme schon keine Antwort mehr. Sie ist also nicht da, sonst hätte die Stimme nicht gedacht, ich sei betrunken oder was auch immer.

Als wir weiterfahren nach Luxemburg, überlege ich mir, daß ich da eigentlich nicht mehr hinmuß, aber er fragt, »wo willst du hin in Luxemburg«, und ich sage »Großherzogin-Charlotte-Allee«, denn die wird es dort doch wohl geben, und ich wüßte nicht, wo ich sonst hinmüßte.

Er machte noch einen Umweg meinetwegen und setzte mich an der Ecke der Großherzogin-Charlotte-Allee ab, dann fuhr er davon, und ich wartete, bis ich das Auto nicht mehr hörte und sich die Stille wieder über den Häusern schloß.

Dann ging ich langsam zurück, zum Zentrum, dort würde wohl ein Schild nach Paris stehen. Und vielleicht wäre ich dort auch hingekommen, wenn ich nicht Fey begegnet wäre. Ich war schon außerhalb der Stadt, wo die Wälder anfangen, und die Nacht würde nun nicht mehr lang dauern, das heißt, es regnete, denn Regen ist dichter bei der Nacht als irgendwas sonst. Sie hielt vor mir mit ihrem kleinen Sportwagen und leuchtete mir mit einer Lampe ins Gesicht. Plötzlich sagte sie: »Dans Arles, où sont les Alyscamps«, und es machte mir nichts mehr aus, daß sie das wußte und woher und warum sie es wußte; ich nahm den Rucksack ab und legte ihn auf den Rücksitz, während sie wendete, und wir fuhren zurück, wieder durch Luxemburg, zu diesem Haus (»Das ist kein Haus«, sagte ich, als wir in die Einfahrt bogen, »und ich weiß nicht einmal, wie du heißt.«»Fey«, sagte sie. Es war eine Ruine), zu dieser Galerie, wo ich jetzt sitze, nachdem wir Blüten gepflückt haben, und ich sehe dem Regen zu wie einem Freund. Warum sollte ich nicht mit ihm spielen?

»Ja«, sagte er, »kommst du mit mir spielen?«, und wir gingen zusammen weg, und er zeigte mir, wie er das Wasser der Gracht aufbrach und die Blumen schloß. Überall lief er flink vor mir her und klopfte mit seinen kleinen Händen gegen die Sträucher.

»Nimm mich auf die Schultern«, sagte er, »nimm mich auf die Schultern«, und das tat ich, und darum war ich so naß, als Fey rief, »die anderen sind da.«

3 Warum, kann ich nicht genau sagen, aber er erinnerte mich an Kalk. Er stand vor dem Spiegel, als ich nach oben kam.
»Was machst du da?« fragte ich.
»Ich spiele Narziß«, sagte er, und seine Stimme war dürr und ohne rechten Klang, als riebe einer zwei Kalksteine aneinander.
»Ich spiele Narziß«, sagte er, »das macht Spaß. Narziß dans les Alyscamps«, und er lachte, als würde Kalk gerieben, scharf und trocken.
»Woher weißt du das«, fragte ich, und er lachte wieder und sagte: »Ein gewisser Maventer.«
Fey und der andere Junge, der groß und dick war, saßen am Tisch. »Hallo, hallo«, sagte der andere Junge zu mir, »du mußt ihm gut zuhören, er hat viel erlebt und weiß viel.«
»Wer bist du denn?« fragte ich, »ich kenne dich nicht.«
»Ich bin Sargon«, antwortete er, »aber ich komme erst nachher dran.«
Der Junge vor dem Spiegel zog die Brauen in die Höhe und ließ seine Augen rund und groß werden, so daß sie wie fahle, verwelkte orangefarbene Blüten im kargen Weiß seines Gesichts standen.
»O, Narziß«, sagte er, »wie häßlich du bist«, und er hielt sich die Hände vor den Kopf, als wollte er ihn nicht mehr sehen, schaute dabei aber trotzdem weiter durch die Spalte seiner Augen.
»Diese Hände sind kalt«, sagte er, »und wenn es darauf ankommt, tot. Sie gehören nicht zu mir.« Er drehte sich um, und

der trübe orangefarbene Schein seiner Augen kapselte mich ein wie das Licht einer altmodischen Schirmlampe. »Von allen Gliedmaßen führt die Hand das eigenständigste Leben«, flüsterte er. »Kennst du dieses Gedicht von Wildgans … *ich weiß von deinem Körper nur die Hand* … schaut, sie lebt«, und wir schauten auf die Hand, die er auf den Tisch gelegt hatte, aber sie lag da, noch weiß und tot. Er wandte sich wieder mir zu.

»Ich oder, besser gesagt, mein spezieller Fall läßt sich auf vielerlei Weise einordnen«, und er ging zum Spiegel und schrieb mit dem Finger auf das Glas, als wäre es eine Schultafel, doch es erschien keine Schrift.

»Verstehst du das?« fragte er.

»Nein«, sagte ich.

»Hast du Seife?« sagte er zu Fey, und sie gab ihm Seife, so daß er auf den Spiegel schreiben konnte: »Morbus sacer.«

»Heilige Krankheit?« fragte ich. Er nickte mir zustimmend zu, spitzte den Mund und sagte: »Eine gefährliche Heiligkeit, Heilige sind gefährlich für ihre Umgebung, und als Reverenz vor der Heiligkeit haben die Leute im Mittelalter zur Abwechslung mal eine Gefahr als heilig bezeichnet, morbus sacer, epilēpsía.«

Er schrieb: hē epilēpsía, und darunter dreimal dasselbe Wort: Aura, Aura, Aura.

Neben jedes dieser Wörter zeichnete er etwas, ein Auge, ein Ohr, eine Nase.

»Such dir eins aus«, sagte er.

Doch ich blieb stehen, ich verstand nichts.

»Steh nicht rum«, rief er, »du sollst dir eins aussuchen.« Aber ich sah, daß er nicht wirklich böse, sondern nur dem Weinen nah war, und daher deutete ich mit dem Finger auf das »Aura«, neben dem ein Auge gezeichnet war.

»Woher weißt du das?« fragte er und verließ das Zimmer, doch der Junge, der Sargon hieß, ging ihm nach und schrie: »Heinz, komm zurück, komm doch, Heinz, das ist doch nur Zufall.«
Fey erhob sich und trat neben mich. Für einen Moment legte sie den Arm um mich.
»Die sind verrückt«, sagte sie und ließ Wasser in einen Eimer laufen, um den Spiegel abzuwaschen, »und ich habe es jetzt schon zweimal gehört, ich kann es dir also auch erzählen. Das«, und sie zeigte auf hē epilēpsía, »das hat er, und das ist alles. Der Beginn eines Anfalls heißt Aura, sagt er. Das dauert nur ganz kurz, eine Sekunde oder so. Manche hören Geraschel oder ein Pfeifen«, und sie zeigte auf das Ohr, »andere sehen Flammen oder Sterne, wie er, das ist alles.«
»Das ist nicht alles«, sagte der Junge, von dem ich jetzt wußte, daß er Heinz hieß, »das ist längst nicht alles, schließlich ist das erst der Anfang, ich habe es nachgelesen, um zu wissen, was genau passiert ist, danach.«
»Hör auf«, sagte Fey. Er aber sagte: »Und dann falle ich hin oder, besser gesagt, was mich betrifft, ich sacke zusammen, das weiß ich, denn sie haben …«
»Halt den Mund«, sagte Fey – »und dann bekomme ich einen Krampf, einen tonischen, schönes Wort«, und er lachte und wiederholte: »Tonischen.«
Fey schlug ihm ins Gesicht, doch er brüllte vor Lachen und schwankte auf seinem Stuhl hin und her und schrie: »Und dann den klonischen, da zucke ich. Du brauchst mich nicht mehr zu schlagen«, sagte er zu Fey, »es ist schon vorbei. So steht es jedenfalls im Buch. Tiefer, tiefer Schlaf.«
Fey zuckte mit den Achseln und fuhr fort, den Spiegel sauberzumachen.

»Gut saubermachen«, sagte er, »gut saubermachen, sonst kann ich Narziß nicht mehr sehen, und Narziß und ich, wir haben gemeinsam schon so viel mitgemacht.«

Er fuhr sich mit den Händen über die Arme, er strich darüber, als wollte er sie wärmen, aber es war kaltes, weißes Fleisch.

»Früher«, sagte er zu mir, »wollte ich ins Kloster. Ach je.«

»Ich erzähle es in dieser Ecke«, sagte er, und er ging in die Ecke, die am weitesten von uns entfernt war. »Ich will weit von euch entfernt sitzen, denn es ist vor langer Zeit passiert, als ich noch nicht zu euch gehörte.«

Er fuhr sich mit den Händen über den Mund, wie um ihn zu beschwören.

»Diese andere Welt«, sagte er, »war viel glücklicher. Ich war klein, und wir waren katholisch. Auch nachdem mein Vater von Bayern nach Hamburg versetzt worden war, beteten wir noch immer abends vor dem Schlafengehen den Rosenkranz und bei jeder Mahlzeit den Engel des Herrn. Vor der Marienfigur standen immer Blumen und vor dem Allerheiligsten Herzen brannte immer ein kleines rotes Licht. Das Herz-Jesu-Bild war großartig vor lauter Billigkeit, meine Mutter hatte es einmal vom Trödelmarkt für drei Mark mitgebracht, nachdem das andere zerbrochen war, und Vater hatte die Stellen, an denen die Farbe abgesprungen war, mit bunter Kreide zugemalt.

Kurz und gut, wir waren, was man Eine Glückliche Familie nennt. Danach ging ich zu den Karmelitern ins Kolleg. Ach«, und er verrückte seinen Stuhl, so daß wir erschraken, »vielleicht haben wir alle eine Zeit, die wir die glücklichste unseres Lebens nennen. Wahrscheinlich war es nicht so, wahrscheinlich waren wir damals ebenso unglücklich wie in der Zeit, da wir dies sagen, aber es ist nun mal so, daß wir das Glück lieber hinter als vor uns haben: Das macht alles so viel einfacher. Mein Glück liegt also in einem Dorf in der Provinz. Es ist ein kleines Dorf, und die Leute dort waren freundlich. Am Rande dieses Dorfes steht ein Kloster und gegenüber diesem Kloster, auf der anderen Straßenseite: die Schule.

Geh sie nur suchen, dann findest du sie, meine Erinnerungen.

Morgens um Viertel vor sechs die Glocken des Klosters mit ihrem kargen, einfachen Klang. Dann wurde ich wach und sah, daß die anderen noch schliefen und weit weg und manchmal glücklich waren, denn manche lachten und sprachen im Schlaf.

Um fünf vor sechs ging der Wecker in der Zelle des Aufsichtführenden, die so gebaut war, daß derjenige, der die Aufsicht hatte, beide Schlafsäle überblicken konnte. Um Viertel nach sechs trat er mit seiner Glocke in den Schlafsaal, und diese Glocke kann ich immer noch hören, obgleich es lange her ist.

Te-ding, te-ding, te-ding-ding-ding, und er stand an seiner Tür, bimmelte und sagte ›Benedicamus domino‹, und wir sagten ›Deo gratias‹, woraufhin er an den Betten entlangging und denen die Decken wegzog, die noch schliefen oder so taten, als ob. Alle diese Geräusche! Denn nach dem Bimmeln und dem Aufstehen ging der Mönch an den Waschbecken entlang und zog an langen Stricken die Oberlichter zu.

Nachdem er bei uns gewesen war, ging er zum Schlafsaal der Kleinen, wo auch wir anfangs gelegen hatten, bevor wir in die Syntax oder die Rhetorik kamen, und aus der Ferne konnte man die Glocke wieder hören sowie das Zuschlagen der Fenster, klapp, klappklapp.

Aber da war ich dann schon lange bei den Waschbecken, denn

ich hatte eine Abmachung mit mir selbst. Es gab welche, die immer als erste an den Waschbecken waren und danach noch ein wenig auf ihrem Bett lasen, doch ich wusch mich und zog mich in fünf Minuten an und schaute dann, ob der Aufsichtführende auf uns achtete. Meist schritt er brevierlesend im Saal auf und ab, so daß ich, sobald er mir den Rücken zuwandte, schnell aus dem Saal ging. Unser Schlafsaal lag unter dem Dach, so daß ich viele Treppen hinuntergehen mußte, um in den Garten zu kommen, und dabei aufpassen mußte, daß niemand mich erwischte, denn es war verboten, vor der Messe in die Gärten zu gehen. Eigentlich waren es keine Gärten, sondern zwei Felder. Das Große Feld und das Kleine Feld.«

Er hörte auf zu sprechen und erhob sich. Vor dem zugenagelten Fenster blieb er stehen und kratzte mit den Fingernägeln daran, ein gemeines Geräusch.

»Das Große Feld«, flüsterte er, und er drehte sich um und sah uns an, und seine Augen bewegten sich wie ein gelbes Verkehrslicht, Gefahrgefahrgefahr.

»Das Große Feld, das Kleine Feld, was geht euch das an, warum hört ihr eigentlich zu? Was kümmert es euch, ob ich an der Mauer des Fahrradunterstands auf dem Schulhof entlangschlich, weil ich als erstes herauskriegen mußte, ob da nicht ein Pater sein Brevier las?«

Er ging wieder zu seinem Stuhl zurück.

»Ich habe mir einmal eine Theosophenzeitschrift angeschaut, aber ich habe sie nicht verstanden, jeder Beruf, jede Religion, jede Gruppe hat seinen oder ihren eigenen Jargon, und den hatten wir auch, aber es war ein Jargon aus alltäglichen Wörtern. Der Baum. Hinter dem Großen Feld nach links auf den Weg, der um das Kleine Feld herumführte, und dann war der dritte

Baum Der Baum.« »Geht hin und grabt«, sagte er wieder zu uns, »dann findet ihr sie schon. Rostige Zigarettendosen, mit Messen. Der gesprochene Teil der Messen in der Kirche besteht aus Gebeten, die jeden Tag die gleichen sind, und solchen, die täglich wechseln, die zu einem bestimmten Fest gehören oder zu einer Messe mit einer bestimmten Intention.

Ich war Mitglied im Meßausschuß, dessen Aufgabe darin bestand, analog zu echten Gebeten solche für die profaneren Intentionen der anderen Schüler in lateinischer Sprache zu verfassen. Ich habe eine Menge geschrieben zur Erweckung der Liebe der NN, gesehen auf der Straße am … für X, oder um eine Klassenarbeit abzuwenden. Oremus, amorem magnam quaesumus Apollone, mente puellae infunde … etcetera. Apollo, wir hatten nämlich vereinbart, daß diese Gebete nur den alten griechischen Göttern gewidmet werden sollten, da manche von uns Angst hatten, es sei sonst ein Sakrileg. Das Gebet, das mit Süßigkeiten oder Wurst bezahlt wurde, mußte wie ein Amulett an der Brust getragen werden, und wenn die Gunst gewährt war, wurde es feierlich in einer blechernen Zigarettenschachtel begraben, unter Dem Baum, mit den nur sehr wenigen Eingeweihten als Zeugen.

Es gab also eine Zeit, in der ich glücklich war, weil ich mit ein paar anderen Jungen an einem Baum stand und eine Blechschachtel mit einem Papier darin vergrub. Glücklich, weil wir dann Wasser aus einer Flasche tranken, nachdem wir zuvor ein wenig davon auf die Erde gesprenkelt hatten – das den Göttern geschuldete Trankopfer.«

Er lachte. »Wenn ihr jetzt nicht da wärt, wenn ihr jetzt weggehen würdet, könnte ich es mit leiser Stimme erzählen, als ob nicht ich, sondern jemand anders zu mir spräche. Jemand, der zu mir sagen würde: ›Weißt du noch, wie naß morgens alles war, im Garten? Die Sonne wurde immer wieder von neuem geboren, in den Tropfen auf dem Gras und auf den Blumen, so daß es schien, als würden kleine, neue Sonnen im Grün zu blühen beginnen, bis die Gärten schließlich vor Entzücken den Atem anhielten. Und manchmal regnete es, und dann hast du unter einem Baum gestanden, weil man dich nicht mit verregneten Kleidern die Kapelle betreten sehen durfte. Und du hast da unter dem Baum gestanden und in den Regen geschaut und gesungen, weil es regnete, denn du mochtest den Regen, stimmt's?‹«

Er brach ab und wartete, bis er wieder mit seiner normalen Stimme sprechen konnte, denn er schien Angst davor zu haben, über eine Erinnerung glücklich zu sein, doch die Geschichte überwältigte ihn immer wieder, jedesmal von neuem erhob sich seine Stimme aus der aschigen Dürre, und manchmal wurde er jung und Rührung bewegte ihn, und dann glänzten seine Augen, bis er uns wieder sah und an sich selbst erinnert wurde.

»Das wißt ihr«, sagte er dann, »das wißt ihr jetzt auch: Das Große Feld, Das Kleine Feld, Die Messen, Der Baum. Ich konnte nur zehn Minuten im Garten bleiben, bis die Glocke zur Messe läutete, für mich das Zeichen, rasch in den Schlafsaal zurückzugehen und meinen Platz in den Reihen der schweigenden Jungen einzunehmen, die, jede Reihe mit einem eigenen Aufseher in ihrer Mitte, aus den verschiedenen Schlafsälen in die Kapelle kamen, die, wie die Heiligenfiguren bei uns zu Hause, vor lauter Häßlichkeit schon wieder lieblich war. Fenster und Kreuzweg waren banal, die Paramente billig, außer an Festtagen wie Fronleichnam oder Himmelfahrt. Dann lebten die kahlen, feuchten Wände hinter dem Altar plötzlich dank Palmen und Blumen, und durch Weihrauchwolken, verziert mit bunten Bahnen Sonnenlicht, bewegten sich – betend, singend und sich verneigend – die Priester in ihrer schweren goldbrokatenen Tracht wie in einem geheimnisvollen Spiel, denn mehr war es für mich nicht, getönt vom mal wehmütigen, mal überschwenglichen Gregorianisch.«

Wir warteten, wie er diese Erinnerung abbrechen würde, und er sagte: »Vielleicht fand ich es damals ja gar nicht schön. Vielleicht dachte ich, der die Messe zelebrierende Priester könne nicht singen oder die Blumen seien bereits verwelkt oder daß es wegen des billigen Weihrauchs stickig sei. Vielleicht war ich nicht einmal gern im Kolleg, wo man um Viertel nach sechs aufstehen und in langen Reihen zur Kapelle gehen mußte, um dort fast eine Stunde lang mit bloßen Knien auf einer harten Holzbank zu knien und dann in derselben langen Reihe, noch immer schweigend, in den Studiersaal zurückzugehen.

Im Winter war es kalt, wenn wir ihn morgens betraten.«

Er rieb sich die Hände, als wäre ihm kalt, und blieb dann sitzen, die Hände zwischen Rücken und Stuhllehne geschoben.

»Jetzt weiß ich, warum ich damals glücklich gewesen sein muß, vor allem im Winter, wenn die Bänke morgens kalt waren und wir möglichst viel anzogen, um in der klammen Kälte des Gebäudes warm zu bleiben. ›Wir‹, und deshalb war ich glücklich; weil ich dazugehörte.

Jetzt gehöre ich nicht mehr dazu, ich gehöre nirgends mehr dazu. Nicht zu den anderen Menschen, denen kalt ist, denn ihnen allen ist auf verschiedene Weise kalt, in ihren eigenen Zimmern.«

Er ging zum Spiegel und versetzte ihm einen Schubs, so daß dieser hin und her zu schwingen begann, hin und her. »O Nar-

ziß«, sagte er, »drück nur auf einen Knopf, es gibt ja so viele: einen für den Großen Spaziergang, beim Rektorenfest, bei den großen Festen der Kirche. In den unteren Klassen spielten wir beim Großen Spaziergang Räuber und Gendarm, im Wald. In den oberen bestimmten wir über die Geschicke der Welt.
Ein anderer Knopf: die obligatorische Muße auf dem Großen Feld, an Sommerabenden.
Wir arbeiteten in unseren Gärtchen oder spielten Federball, und manchmal lasen wir auf den Bänken unter den Pappeln oder liefen über die gesamte Breite des Wegs, sechs vorwärts, sechs rückwärts. Danach habe ich nie wieder jemanden rückwärts gehen sehen. Danach kam der Krieg.
Narziß durfte nicht in die Armee. Sogar die Armee wollte Narziß nicht.
›Nein, Narziß‹, sagten sie. ›Du bist krank. Abschaum ist das Reich zwar bereit zu nehmen, du aber bist krank, vor dir haben wir Angst. Morbus sacer. Amen.‹
Angst«, sagte er zum Spiegel, der noch immer schaukelte. »Angst. Oh, oh.
Über den Krieg ist zuviel geredet worden. Selbst jetzt gibt es noch Menschen, die meinen, Bücher darüber schreiben zu müssen. Über Bombenangriffe. Die habe ich miterlebt. Über Feuersbrünste. Habe ich gesehen. Über tote Väter und Mütter, nicht einfach tot, nein, sondern wirklich hinüber, zerfetzt. Die hatte ich auch. Über verwilderte Jugendliche, verwahrloste Kinder. Das war ich auch, später. Über die Banden inmitten der Trümmer. Zu denen gehörte auch ich. Aber was will man?
Für mich kam es darauf an, einen Sprung zurück zu machen und andere Erinnerungen in den Vordergrund zu lassen.
Aber was will man? Ich tat einen gewaltigen Schritt über dieses

ganze atemlos ausgebrannte und verwüstete Hamburg hinweg, bis ich wieder durch Korridore ging, wenn eine Glocke läutete, und im Chor sang, wenn eine Glocke läutete.

Natürlich bin ich zu determinieren, zumindest einigermaßen. Sensus clericus zum Beispiel, ein hübscher Ansatz. Dort ging ich also hin und bezahlte meine Reise mit gestohlenem Geld. Könnt ihr euch das vorstellen?«

Er nahm den Spiegel auf den Schoß und sah hinein.

»Jetzt lache ich«, sagte er. »Jetzt lache ich«, und er strich sich mit den Fingern über das Gesicht. »Das ist jetzt weg«, lachte er, »diese Falten sind weg.

Oh, ich bin noch nicht schön, aber ich glänze, meine Augen sind noch häßlich, aber sie leuchten jetzt, denn ich befinde mich auf der Reise in meine Jugend, mittlerweile bereits fern der Stadt, in die mich der Zug aus Hamburg gebracht hat. Es geht auf den Abend zu, am Vorabend von Weihnachten, und ich glänze in den Scheiben. Draußen herrscht Einsamkeit, und hinter der Einsamkeit liegt ein Dorf, in dem ich aussteigen muß. Hinter dem Dorf herrscht wieder Einsamkeit.

Es hat geschneit, und die Stille flüstert unter meinen Füßen.

Niemand kann das bestreiten – Schnee gehörte dazu, und er mußte unter meinen Schuhen leise knirschen. Ein Mond gehörte dazu, der war für mich aufgehängt worden, weil ich in meine Jugend zurückreiste. Sogar die Glocken des Trappistenklosters gehörten dazu, und sie läuteten nicht zur Komplet, sondern für mich. Weit entfernt noch lag das Kloster, geborgen und für mich unsichtbar in der Umarmung der Nacht, die mit dem Rücken zu mir dalag. Und irgendwo in dem Gebäude zog ein Mönch an einem Seil, und er wußte nicht, daß er es für mich tat. Daß ich in das Kloster nicht aus dem Grund ging, der andere Männer zum Eintritt bewegt, kann ich nicht ändern. Die anderen liebten Gott, das weiß ich genau, denn ich habe es gesehen, aber um ehrlich zu sein, ich kannte diesen Mann nicht. Die anderen waren dort, um die Bekehrung der Welt zu erbitten und um Gott Genugtuung für die Sünden der Menschen zu geben, ich aber dachte, das würde ja doch nicht helfen und die Welt würde ruhig weitersündigen und sich nicht bekehren.

Vom Standpunkt der Mönche aus betrachtet, wäre ich, falls sie das gewußt hätten, ein Betrüger gewesen, ein Gotteslästerer – vom Standpunkt der Welt aus betrachtet, war ich, kurz gesagt, ein Idiot.

Gut, es war ein hartes Leben. Nachts um zwei Uhr aufstehen, um zu meditieren und Matutine und Laudes zu singen, doch ich war glücklich, denn ich ging inmitten einer langen weißen Reihe, und wir schwiegen und fasteten und sangen und arbeiteten auf dem Feld, und ich gehörte dazu.

Ich hatte auch einen kahlgeschorenen Kopf und eine weiße Kutte mit Ärmeln bis zum Boden – und wenn ich nicht in mein Brevier zu schauen brauchte, weil es ein bekannter Psalm war, der jeden Tag gesungen wurde, sah ich mich von meinem hohen Chorstuhl aus auf der gegenüberliegenden Seite stehen und antworten, nachdem ich meinen Vers gesungen hatte. Den ganzen Tag war ich von mir selbst umgeben, und ich sah mich selbst während der Stundengebete, auf den Korridoren, im Refektorium. Ich war wie ein Schauspieler in einer Dauerrolle, die mir niemand mehr nehmen konnte.

Drei Monate war ich dort, als ich meinen ersten Anfall bekam. Noch gut sechs Jahre von meiner Priesterweihe entfernt. Aber es gab keine Priesterweihe.

›O, Narziß‹, sagten sie, ›du bist krank. Und es ist nicht möglich,

Priester zu weihen, die körperlich nicht geeignet sind. Gott hat dich also offenbar für die Welt bestimmt. Leb wohl, Narziß, leb wohl, leb wohl.‹«

Er warf eine Streichholzschachtel an die Zimmerdecke und sagte: »Oh, du da oben, falls es dich gibt, hättest du es denn nicht um meiner Beharrlichkeit willen tun können? Ich bin danach noch in zwei weiteren Klöstern gewesen, kleinen, abseits gelegenen Klöstern, bis es nicht mehr ging, weil sich die Lage nach dem Krieg stabilisiert hatte und ich mir nicht mehr das Durcheinander in der Organisation zunutze machen konnte. Ich war bekannt, über mich war geschrieben worden, Schluß, aus.«

Er kam auf mich zu, und mehr denn je dachte ich an Kalk und an alles, was dürr ist und unfruchtbar.

»Jetzt weißt du, wer ich bin«, sagte er, »aber nicht, warum auch ich hier bin, nicht, was ich mit dem Mädchen da zu schaffen habe. Vielleicht, wenn du meine Geschichte verstanden hast, warum ich per Anhalter durch Europa reise. Denk nur daran, daß auch ich durch Arles gekommen bin, où sont les Alyscamps.

Und dort sitzt noch eine Geschichte«, sagte er plötzlich mit einer anderen Stimme und deutete auf den Jungen, der sich Sargon genannt hatte.

»Nein«, sagte ich, »ich will sie nicht hören. Ich will nichts mehr hören«, und ich ging zu der Matratze, auf der ich in der Nacht geschlafen hatte.

»Du mußt zuhören«, ertönte Sargons Stimme hinter dem Vorhang, »du brauchst mich nicht anzusehen, aber zuhören mußt du.«

»Nein«, rief ich, aber er begann trotzdem und sagte: »Es ist viel-

leicht eine Enttäuschung, daß ich eigentlich John heiße und nicht Sargon, aber ich habe mich Sargon genannt nach dem bekannten assyrischen Fürsten Sargon II., der 722 vor Christus Samaria eroberte. Im übrigen nicht, *weil* er Samaria eroberte, erstens ist das so relativ nach ein paar Jahrtausenden, und im übrigen, ebensogut wie der erste Tiglatpileser um 1100 das umliegende Land einnahm und wie der dritte Babylon eroberte, so gut also wie Sargon Syrien einnahm und Assurbanipal sogar Ägypten, ebenso sicher befreite Psammetich Ägypten wieder, eroberten die Chaldäer Babylonien zurück und zerstörte der Meder Kyaxares im Jahr 614 Assur und zwei Jahre später Ninive so gründlich, daß unser lieber Xenophon nicht einmal mehr ein Wort darüber vernahm. Nein, deswegen habe ich es nicht getan, sondern einfach darum, weil mir der Name gefiel.
Hörst du zu?« fragte er, »hörst du zu?«
»Ja«, sagte ich, »ich höre zu.«
»Es geht um den Rundfunksprecher, um die Stimme des Rundfunksprechers, damit hat sie angefangen, meine Geschichte, obgleich ich nicht mehr genau weiß, wann ich entdeckte, daß ich dafür lebte. Findest du das merkwürdig?« fragte er auf der anderen Seite des Vorhangs, der sich bewegte, weil er daran gestoßen war, »daß jemand für die Stimme des Nachrichtensprechers lebt?
Vielleicht war es ja merkwürdig, vielleicht fand ich das selbst auch, als jemand mich zum erstenmal fragte, warum ich die Acht-Uhr-Nachrichten anstellte, nachdem ich die Sechs- und Sieben-Uhr-Nachrichten bereits gehört hatte.
›Das tue ich immer‹, habe ich damals geantwortet, aber zu mir selbst gesagt, daß ich am nächsten Tag die Abendnachrichten nur einmal hören würde.

Und ich hatte es ganz fest vor, doch als es sieben Uhr geschlagen hatte, ging ich einfach zum Radio und schaltete es ein.
›Warum soll ich die Nachrichten nicht hören, wenn ich es gern tue?‹ dachte ich, und was ich bis dahin, weiß der Himmel wie lange, unbewußt getan hatte, tat ich jetzt bewußt. Morgens stand ich früh auf, um die ersten Nachrichten zu hören, und häufig kam ich zu spät ins Büro, weil ich noch einen Teil der Acht-Uhr-Nachrichten hatte hören wollen.
Die Direktion drohte mir mit Entlassung, doch das fand ich nicht schlimm, ich wollte entlassen werden, denn mein Büro lag in der City, und in der Mittagspause konnte ich nicht nach Hause, so daß ich die Ein-Uhr-Nachrichten immer verpaßte.«
Er schwieg, und ich sah ihn durch einen Vorhangspalt. Seine Brauen flockten in fetten blonden Placken unter der Stoffstirn und bildeten mit den über die runden Wangen violett herabsinkenden Lidern einen Schutzring um die sich zurückziehenden grauen schwachen Augen.
Schlaff und schattenhaft hob der Mund erneut zu sprechen an, als ich fragte: »Ist die Geschichte aus?«
»Nein«, sagte er, »aber ich glaube, du verstehst es nicht, ich glaube auch nicht, daß ein anderer das verstehen kann: Ich war froh, als ich entlassen wurde, frei, einen Ritus um meinen Mythos zu bauen: die Stimme.
Sparen für einen wunderschönen Stuhl, und, nachdem er gekauft ist, steht er genau vor dem Radio. Die Nachrichten werden bei ausgeschaltetem Licht gehört, eine Kerze verschönert die Sache noch. Oh, war ich nicht glücklich?
Die Stimme ging über mich hinweg und stand hinter mir, bei mir, neben mir, und hallo, sagte die Stimme, hallo, und sie berührt mich und nimmt mich mit und streichelt mich und er-

füllt das Zimmer und die Beinahe-Dunkelheit, bis ich die Worte nicht mehr höre und auf dem Klang dahintreibe wie in einem kleinen Boot, ohne ein Ziel, und es ist mein Zimmer, meines, in dem sie verströmt wie ein Duft.

Heute weiß ich, daß ich wahrscheinlich kurz vor dem Verrücktwerden stand, aber damals? Ja, nachts träumte ich von der Stimme, aber das waren keine angenehmen Träume.

Ich sah mich in einem Zimmer schlafen, dessen weißer strahlender Mittelpunkt ich war. Rings um mich bewegte sich bläuliches, atmendes Licht.

Weil der Traum immer gleich war, wußte ich, daß dieses Licht in einem bestimmten Moment zum Stillstand kommen und erstarren würde, aufhören würde zu atmen und dann auf dem Boden zu scharfem, blauschwarzem Grus zerfiele. Leuchtend weiß und unantastbar blieb ich noch der Mittelpunkt des Raums, bis der Grus betreten wurde. Denn obwohl nichts zu sehen war, verlagerte sich der Mittelpunkt dann plötzlich von mir zu der Stelle, wo der Grus betreten wurde. Das begann rechts hinten im Raum und bewegte sich langsam auf mich zu, und obwohl ich dafür eigentlich nicht den geringsten nachweisbaren Grund habe oder, besser gesagt, hatte, vermutete ich die Stimme im Zimmer von dem Augenblick an, da das Geräusch vernehmbar wurde. Gleichzeitig begann sich um meinen Hals eine Kette aus scharfen, länglichen Steinen abzuzeichnen. Die Steine waren schwarz, zumindest anfangs, denn nach und nach wich die Farbe aus den Steinen und begann sich mit dem Weiß meines Gesichts zu mischen. Danach kam es zur unwiderruflichen Trennung, denn unterhalb der Kette blieb der Körper regungslos und glänzend weiß, darüber jedoch lebte das Gesicht als abscheuliche graue Maske, eine em-

bryonale Erde, die bebte und ruckte und dann langsam aufbrach.
Ich beugte mich vor und sah hinein in eine lange Straße mit hohen Häusern, erbaut aus Steinen von entzückendem zarten Grün. Doch nie, nie konnte ich diese Straße betreten. Jedesmal, wenn ich hineinzugehen versuchte, bildete sich eine gehässige Barriere, eine Barrikade aus dem bläulichen Pulver, das mich biß und verletzte. Drang ich dessen ungeachtet weiter vor, so türmte sich das Pulver höher und giftiger auf, bis es sogar unmöglich wurde, die Straße auch nur zu sehen.
Es war, glaube ich, nicht so, daß ich nach dem Traum sofort aufwachte, ich glaube eher, daß mein Traum allmählich wich. Tagsüber wurde ich nie im geringsten davon behelligt, denn dann war wieder die Stimme des Nachrichtensprechers da und die Vorbereitungen aufs Zuhören.
Bis jene Nacht kam. Der Traum verlief wie immer. Ich war da, glänzend, anscheinend unantastbar – das Licht atmete und erstarrte wie zuvor, das Pulver entstand, es wurde getreten. Alles normal. Die Kette legte sich um meinen Hals, und wieder verfärbte und verzerrte sich mein Gesicht auf scheußliche Weise, wonach es aufriß, und durch die ekelerregende Wunde hindurch zeigte es die Straße, verzückend wie immer; und wie immer versuchte ich, in die Straße hineinzugehen, doch im Grunde war dies zu einer rituellen Bewegung verkommen, denn in Wirklichkeit versuchte ich es schon lange nicht mehr, aus Angst vor der Schärfe des Pulvers, das mich bei der ersten Bewegung böse zurückstoßen würde. Diesmal jedoch war kein Pulver da, ich konnte in die Straße hineingehen, und ich hatte Angst.
Das zu erhalten, wonach man lange gesucht hat, macht anfäng-

lich angst. Bis auf das Grün der Häuser war dies die alltägliche Welt, und dennoch lag etwas von einer nicht zu benennenden Zärtlichkeit über ihr, die meine Angst sachte wegwischte und einer freudigen Verzückung weichen ließ. Ich begann zu singen, ich kaufte Blumen, irgendwo, und plötzlich wurde mir klar, daß dies keine besondere Stadt war. So sehen die Dinge aus, wenn man glücklich ist, dachte ich, die Welt ist immer so, wir färben sie mit unseren eigenen Farben der Angst oder des Unglücks – aber eigentlich ist die Welt immer so. Deshalb«, und seine Stimme zögerte hinter dem Vorhang, »deshalb ist es auch so schwer, diese Welt zu beschreiben, weil ich mich selbst beschreiben müßte, denn die Welt nimmt unsere Farben an.«

»Ich fragte mich, warum ich in dieser Welt glücklich sein sollte. Die Häuser waren schmal und hoch, und einige trugen Kästen mit Ringelblumen und Geranien auf den Fensterbänken, aber das ist in allen Städten so.

Nach und nach wurden die Straßen schmaler und die Häuser niedriger und älter.

Und dort begegnete ich dem Paradiesvogel.

›Hallo, Janet‹, sagte ich.

Doch Janet sah mich ungerührt mit ihren toten Perlaugen an. (Kinder spielten auf dieser Straße, und ein Mann machte für Geld Musik, aber auch das ist in allen Städten so.)

›Wie lange stehst du jetzt schon in diesem Schaufenster?‹ fragte ich. ›Du bist zwar ein bißchen staubiger geworden, aber es ist auch schon lange her, seit Mary-Jane und ich uns hier, vor diesem Geschäft, mit dir und den anderen ausgestopften Tieren von Mr. Lace als Zeugen, feierlich Treue schworen Bis-in-den-Tod.‹

›O, Janet‹, sagte ich, ›schau nicht so tot, schließlich warst du unsere Freundin, der Schlußstein unserer Pakte, geduldige Zuhörerin unserer abendlichen Monologe.
Bei dir haben Mary-Jane und ich uns kennengelernt, als wir mit plattgedrückten Nasen an der Scheibe standen und zuschauten, wie Mr. Lace dich ins Schaufenster stellte.‹
›Das ist gemein‹, sagte Mary-Jane.
›Ja‹, sagte ich.
›Sollen wir ihn kaufen?‹ Und wir beschlossen, dich zu kaufen, und gingen hinein. Ich erinnere mich an die trockene atemlose Luft, an das Schrillen der Ladenglocke und dann an die raschen Schritte von Mr. Lace.
Aber du seist nicht verkäuflich, sagte der Mund zwischen den Runzeln und Falten, du seist sehr selten und daher sehr teuer, und wir hatten zusammen nur sieben Shilling. Daraufhin gründeten wir einen Verein, Mary-Jane und ich.
BBJ, Bund zur Befreiung von Janet.
›Ich habe die Kasse noch‹, sagte Mary-Jane hinter mir.
›Dreiundzwanzig Shilling Sixpence?‹ fragte ich, und sie nickte.
›Du bist hübsch geworden‹, sagte ich, denn das konnte ich in der Schaufensterscheibe sehen, ›und dein Kleid ist auch hübsch.‹ Ich drehte mich um und küßte sie auf die Stirn.
Sie lachte. ›Das habe ich aus dem Stoff alter Lampenschirme gemacht.‹
›Es ist hübsch‹, sagte ich, und dann gab ich ihr die Hand und die Blumen, die ich gekauft hatte. ›Hallo, Janet‹, haben wir gesagt, ›jetzt holen wir dich ab.‹
Daß die Glocke noch immer schrillen würde, hatte ich mir schon gedacht, und die atemlose trockene Luft war auch noch immer da.

›Nein‹, sagte Mr. Lace, ›diesen Vogel kann ich nicht verkaufen, den bewahre ich für zwei kleine Kinder aus der Nachbarschaft auf, die auf ihn sparen.‹

›Das sind wir, Mr. Lace‹, flüsterte Mary-Jane, ›wir sind groß geworden.‹

›Oh ja‹, sagte er, ›oh ja‹, und vorsichtig hob er Janet aus dem Schaufenster und begann, sie mit seinen kleinen Händen aus verwittertem Marmor abzubürsten.

Dann legte er die Hände wie eine überflüssige viktorianische Verzierung um den Rumpf.

›Ihr müßt vorsichtig mit ihm sein.‹ Seine Stimme überschlug sich mit einem merkwürdigen weinerlichen Laut, der gegen das staubige Schweigen der Tiere stieß.

›Geht jetzt‹, sagte er und zog seine Hände ruckartig von dem Vogel, als hätten sie an ihm geklebt.

›Wie spät ist es?‹ fragte ich sie.

›Es ist Abend‹, und wir spazierten zu dem kleinen Park, und ich trug den Paradiesvogel Janet auf meinem linken Arm.

›Warum bist du nie wiedergekommen?‹ fragte sie, ›warum hast du nie geschrieben?‹

›Nicht fragen‹, sagte ich, ›nichts fragen.‹

›Pfarrer Thubbs ist heute gestorben‹, sagte sie, und weil ich nicht antwortete, dachte sie vielleicht, das sei mir egal, und sie fuhr fort, ›das war der Hilfsprediger, früher. Weißt du denn nicht mehr, daß du auch zu den Gottesdiensten in anderen Vierteln gegangen bist, wenn du wußtest, er würde dort predigen? Ich war so eifersüchtig auf ihn, weil ich dachte, du hättest ihn lieber als mich – denn wenn er sprach, sah ich dich von den Mädchenbänken aus, aber du schautest dann nie zu mir herüber, es war sogar so, als gehörtest du nicht mehr zu den anderen Jungen und als säße ein Fremder zwischen ihnen, jemand, mit dem etwas Besonderes vor sich ging.‹

›Ist er tot?‹ fragte ich.

Sie nickte, und das war das Ende meines Traums. Ich sah, wie sie verschwommener und undeutlicher wurde, wie die Kurven und anmutigen Linien ihres Gesichts noch einmal alabastern auflebten über dem zarten, verblichenen Orangerot ihres Kleides, und sie entschwand wie eine kleine, bekümmerte Statue, mit einem Blumenstrauß und einem ausgestopften Paradiesvogel als sinnlosen Ornamenten.«

»Das Erwachen war diesmal anders. Ich war nicht froh und stellte nicht einmal den Stuhl vors Radio. Es war weniger die Erinnerung an den Traum, die mich umschattete und bedrückte, sondern vielmehr das Bewußtsein, irgendwo einen Irrtum begangen zu haben, und das änderte sich nicht, denn als der bei einem Autounfall ums Leben gekommene Nachrichtensprecher schon wieder seit einigen Tagen beerdigt war, blieb mir nur noch das Bewußtsein dieses irgendwo begangenen Irrtums.

Jetzt träumte ich nachts von Mary-Jane, allerdings ohne Einleitung. Es war leicht geworden, in unsere Straße hinein- und bis vor Mr. Lace's Schaufenster zu gehen – sie kam dann mit Janet unter dem Arm, und wir gingen spazieren.

›Pfarrer Thubbs wird morgen beerdigt‹, sagte sie am zweiten Tag und danach; an den anderen Tagen: ›Pfarrer Thubbs ist heute beerdigt worden, ich war bei der Beisetzung.‹

Die Häuser hörten grün und reglos zu, obgleich wohl nicht mal uns, Häuser wissen so etwas. Und sie trug ihre zerschlissenen Kleider aus zarter orangeroter Seide und beerdigte Pfarrer

Thubbs täglich von neuem, während der Wind ihr Haar in die Höhe wehte und Janets tote Federn aufstellte, als ginge es um etwas ganz anderes.

Abende gab es genug in jener Stadt. Ein wenig unsicher und schüchtern senkten sie sich herab, um alles mit einem freundlichen Dunkel zu erfüllen, in dem Mary-Jane sagen konnte: ›Heute vor einer Woche ist Pfarrer Thubbs beerdigt worden, weißt du, daß es Platten von ihm gibt? Irgendwo liegt die Stimme von Pfarrer Thubbs, genauso weit weg und begraben wie der Pfarrer selbst. Ist es nicht merkwürdig, Pfarrer Thubbs' Stimme auf einer runden schwarzen Platte?‹

›Nein‹, sagte ich, ›das ist nicht merkwürdig‹, und als ich an jenem Tag erwachte, beschloß ich, in die Straße zu gehen, in der ich früher gewohnt hatte und in der sich noch das Geschäft von Mr. Lace befinden mußte.

Vielleicht hätte ich das schon früher tun sollen?

Die Straße war weit und schwer zu finden, weil es so lange her war. Die Häuser sind nicht grün, dachte ich, und das schmerzte, denn sie waren schmutzig und nicht einmal wehmütig. Es war eine arme Straße, in der die Vorhänge trostlose Einrichtungen verbargen. Kinder spielten dort, weil Kinder immer und überall spielen, doch es war ein Spiel des Nehmens und Zurücknehmens, und sie schrien rauh.

›Kennst du das Geschäft von Mr. Lace?‹ fragte ich einen Jungen.

›Nein‹, sagte er, ›hier gibt es keinen Mr. Lace.‹ Die anderen Kinder traten hinzu. ›Hier gibt es keinen Mr. Lace.‹

›Es war ein Eckgeschäft‹, sagte ich. Nein, es gebe keinen Mr. Lace an der Ecke.

›Was für ein Geschäft war das denn?‹ fragten die Kinder.

›Ein Geschäft mit toten Vögeln.‹

›Es gibt hier ein Geschäft mit *einem* toten Vogel, an der Ecke am Ende der Straße.‹

Ich ging dorthin und sah Janet einsam und etwas lächerlich zwischen billigen Lebensmitteln stehen.

›Hallo, Fremder‹, sagte ihre Stimme hinter mir, denn obgleich es nicht die Stimme aus dem Traum war, wußte ich doch, daß sie es sein mußte.

›Hallo‹, sagte ich, ›warum hast du dich verkleidet?‹

›Verkleidet‹, fragte sie, ›verkleidet? Sag mal, Fremder, du findest dich wohl sehr witzig.‹

Sie erkannte mich nicht, und wenn ich sie nicht in meinen Träumen gesehen hätte, hätte ich sie vielleicht auch nicht erkannt. Sie hatte sich verkleidet, war sogar genauso groß wie ich, denn ihre Schuhsohlen waren dick und die Absätze zu hoch. Die ersten Anzeichen des Verfalls in ihrem Gesicht hatte sie zu dick überschminkt, und die Haare hingen ihr in einer feuchten Locke in die Stirn.

›Hast du Geld, Fremder?‹ fragte sie.

›Ja‹, sagte ich, ›komm nur mit hinein.‹

Der Mann hinter der Ladentheke grüßte, sah sie jedoch spöttisch an.

›Was darf es sein?‹

›Dieser Vogel, ich wollte den Vogel kaufen.‹

Er sah mich an. ›Darauf habe ich lange gewartet‹, sagte er. ›Als ich vor gut zehn Jahren dieses Geschäft von Mr. Lace übernahm, bat er mich, das Tier im Schaufenster stehenzulassen, weil es zwei Kinder in der Nachbarschaft gebe, die darauf sparten. Die Kinder würden eines Tages bestimmt kommen, und da sind sie. Das eine Kind kenne ich, darf ich wohl sagen.‹

›Halt den Mund‹, sagte sie hinter mir …, ›und das andere Kind kenne ich nicht‹, fuhr er mit seiner dünnen, ungerührten Stimme fort.
›Eigentlich hänge ich ein wenig an diesem Vogel.‹
›Hier ist das Geld‹, sagte ich, ›Beeilung.‹
›Der Herr hat's eilig‹, sagte er gedehnt, nahm Janet aber doch aus dem Schaufenster und stellte sie auf die Theke. ›Blödes Aas‹, sagte er und schlug darauf, so daß der Staub aufwirbelte.
Ich warf einen Blick auf Mary-Jane. ›Ich habe sie gekauft‹, sagte ich, ›ich habe Janet gekauft – es ist vielleicht ein bißchen spät, aber ich habe sie gekauft.‹
›Wie oft mußt du hinschauen, um alles zu kapieren?‹ fragte sie.
›Zweimal‹, dachte ich, ›das erste Mal und jetzt.‹ Aber ich sah, wie sie den Vogel an den Beinen von der Theke zerrte.
›Verdammt noch mal‹, fluchte sie, ›weg mit dir‹, und es war, als schrie Janet auf, als sie zwischen uns zu Boden fiel. Der Kopf brach ab und rollte zu den herausgestülpten scheußlichen Eingeweiden aus verfaultem, stinkendem Heu. Toter denn je ragten die makabren harten Beine auf dem Brett inmitten des Staubs in die Luft, der in die Höhe flog wie bei einem Miniaturbombeneinschlag.
›Hau ab‹, sagte Mary-Jane, und ich wußte, daß sie wie zwei Figuren aus einer fatalen Pantomime hinter mir standen, als die Glocke schrillte, weil ich aus dem Laden ging.
›Haben Sie es gefunden?‹ fragten die Kinder.
›Ja‹, sagte ich, ›ich habe es gefunden.‹
Ich hatte es tatsächlich gefunden, und manchmal fährt man dann per Anhalter los. Wer weiß, vielleicht begegnet man in Deutschland dann einem Jungen, der fragt: ›Hast du ein Mädchen gesehen mit einem chinesischen Gesicht?‹ Und warum

sollte man sich dann nicht gemeinsam auf die Suche machen, das ist doch ein Ziel, oder nicht? Ja, und manchmal sitzt man dann wieder hier, von Zeit zu Zeit, und erzählt seine Geschichte, erzählt wieder dieselbe Geschichte jemandem, der doch nicht zuhört hinter einem Vorhang.«

»Ich *habe* zugehört«, sagte ich, »ich habe alles gehört. Jetzt will ich raus.«

Im Vorbeigehen nahm ich das Bild des Raumes in mir auf – sie standen da zu dritt in der verklärten Unpersönlichkeit primitiver Statuen, Träger von Nostalgie, Kummer, Verlangen. Ich lief eilends die Treppe hinunter und in den Garten. Es regnete nicht mehr, aber ein stürmischer Wind ließ die Bäume sich wie betrunkene Hofdamen verneigen und peitschte unbändig lachend Wolken über den Himmel.

Ich hörte sie wieder erzählen, ich sah sie wieder, ihre Hände bewegten sich im Rhythmus ihrer Erinnerungen. Einsamkeit war es vielleicht, die sie umwölkte wie Fliegen einen Kadaver, doch darüber weiß ich nichts, wenngleich ich denke, daß die Einsamkeit, von der die Menschen so sprechen, nicht die wahre sein kann und daß eine Einsamkeit kommen wird, die den Menschen ihr Mal aufdrückt, nicht ein Kainszeichen, sondern ein Mal, das Menschlichkeit beweist. Wir müssen uns daran noch gewöhnen, denke ich. Vielleicht ist diese Zeit nichts als das Warten auf wirkliche Einsamkeit.

Nein, es regnete nicht mehr, doch weil der Wind so laut blies, hörte ich Heinz nicht kommen.

»Kennst du Christus als Schmerzensmann von Geertgen tot Sint Jans?« fragte er.

»Warum kommst du hierher«, sagte ich. »Ich wollte hier stehen. Ich wollte nicht mit euch reden. Warum kommst du jetzt her?«

»Kennst du Christus als Schmerzensmann von Geertgen tot Sint Jans?« fragte er wieder.

»Nein«, sagte ich, »kenne ich nicht.«

»Es wird gleich regnen«, sagte er, »du mußt unter die Galerie kommen.«

»Warum? Ich will im Regen bleiben.«

»Sonst kannst du Christus als Schmerzensmann nicht sehen.«

Wir gingen zur Galerie, bis zu der Stelle, an der das Licht vom Oberfenster schwach herabfiel.

»Schau«, sagte er, »Christus als Schmerzensmann«, und zwischen der kalkigen Trockenheit seiner mageren Hände hielt er eine kleine Reproduktion. Es war ein Foto aus einer Zeitschrift, auf Karton aufgeklebt.

»Es ist zerknittert«, sagte ich, »es ist schmutzig, ich kann es fast nicht erkennen.«

»Da ist noch genug zu sehen«, antwortete er, »ich trage es immer bei mir, schon seit Jahren, es ist meine Leugnung. Schau doch mal richtig hin.«

Da steht ein Christus, ein mit Wunden geschlagener Mann. Mit mitleiderregender, kindlicher Gebärde versucht er, das Blut, das aus seiner Seite strömt, zurückzuhalten. Der Schmerz auf den Gesichtern des Geschlagenen, seiner Mutter und seines Freundes Johannes wird auf grausame Weise durch das Kreuz betont, das grob und dunkel mitten auf die Leinwand gesetzt ist. Engel mit kleinen, kummervollen Gesichtern, die die Leidensattribute tragen, füllen den Raum, der jetzt zu voll wird und eine Beklemmung, ein Ersticken um die starrenden Augen des gequälten Mannes legt.

»Siehst du das?« fragte Heinz, »das ist meine Leugnung. Leugnung, ebenso wie ihre Besinnlichkeit, ihre Heiterkeit, wenn du so willst.«

»Wer – ihre?« fragte ich.

»Die anderen Mönche, die, die da waren, weil sie berufen waren, nicht, weil sie zueinandergehören wollten, so wie ich zu ihnen, nicht wegen der Anziehungskraft der Liturgie, sondern um dessentwillen, was dahintersteht. Also nicht, wie ich, verzaubert und entrückt durch die wundersame Weisheit der Psalmen und, mehr noch, durch deren wehmütige Intonation, nicht durch Gewänder und Gesten, sondern durch das und das und das« – und er deutete auf die Wunden des Mannes auf der Karte, so daß es war, als schlüge er sie mit seiner Heftigkeit von neuem.

»Für mich war er ein Mann, der, wiewohl unschuldig, geschlagen und gekreuzigt worden war, wie so viele in jener Zeit. Ein Heiliger – vielleicht, ein Prophet – vielleicht, aber ein Gott? Seine Göttlichkeit hat mich verfolgt, die ganze Zeit, weil sie daran glaubten. Deshalb hatte ich auch kein Recht, dort zu sein. Vielleicht noch als Zweifler, aber nicht einmal das war ich. Für mich blieb er der Mann mit den Wunden, der Mann mit dem Vorwurf seiner Not und seiner Schmerzen, für sie war er der Mann, der sie gerufen hatte – oh, ich wußte schon, was hinter diesen Gesichtern stand, die ich unablässig um mich hatte, in sich gekehrt wie auf primitiven Gemälden. Der Mensch Christus als Mittler kraft der hypostatischen Union, ja, der auf diese Weise Gott sein Leben opfert als Sühne für die Sünden der Menschheit, hier auf diesem Bild leidend, und sie dieses Opfer fortsetzend als Priester, ihr Priestertum abhängig von seinem Hohepriestertum, aber auch sie ein immerwährendes Leiden Gottes.

Verstehst du? Ich war eifersüchtig. Wenn ich es fertiggebracht hätte, hätte ich sie gehaßt. Gehaßt, nicht weil sie, wie ich, um zwei Uhr nachts aufstanden. Nicht weil sie, wie ich, trockenes Brot aßen und nie Fleisch, Fisch oder Eier. Nicht weil sie schwiegen, wie ich, und froren auf den Korridoren und müde waren von der Feldarbeit. Nein, sondern weil sie einen Grund außerhalb ihrer selbst hatten, dies zu tun, und ich nicht. Darum. Es klingt vielleicht merkwürdig, aber im Prinzip waren sie immer außerhalb ihrer selbst und ich nie. Ich habe dir erzählt, daß ich fortmußte, als ich meine Anfälle bekam. Ich sei nicht berufen, sagten sie, und dabei hatten sie in zweifacher Hinsicht recht, obwohl sie das nicht wußten. Recht, weil der Kanon innere und äußere Eignung verlangt. Meine innere Nicht-Eignung verbarg ich, verleugnete ich, verzeih mir. Doch meine äußere Nicht-Eignung war offenkundig, und man folgt da einer sehr geradlinigen Argumentation, was die körperliche Eignung anbelangt. Wenn jemand die nicht besitzt, fehlt ihm die äußere Eignung, ergo ist er von Gott *nicht* berufen. Priester mit nur einer Hand sind von Gott nicht berufen, an Fallsucht leidende Priester werden von Gott nicht berufen. Noch viel schlimmer muß das für jene sein, die glauben, sie seien wirklich berufen – keine Mitläufer, wie ich, lächerlich in den eigenen Augen.
Ach, und was die körperliche Eignung betrifft, ich nehme es ihnen nicht mehr übel – wären es normale Zeiten gewesen, wäre ich ja erst ärztlich untersucht worden, bevor ich hineinkam.«
Er schwieg, und wir lauschten dem Stöhnen des Hauses, das der Wind leidenschaftlich streichelte, und dann sagte er: »Denn, mein Lieber, ein Priester ist schließlich ein Gebrauchsgegenstand.«

4 Der nächste Tag war ein stiller Tag, denn wir waren zwar da, sprachen aber nicht, und gegen Ende des Tages ging ich weg. Ich sah sie schlafen. Ihre Gesichter waren seltsam leer nach den Geschichten der vergangenen Nacht. Sargon lag da, eine weiche rosa Hand auf Heinz' Schulter. Er wirkte jetzt ein wenig groß und unbeholfen wie ein vom Altar gefallener, plötzlich gewachsener Barockengel.

Er wurde wach und suchte mich mit den Augen.

»Du hast mich angeschaut«, sagte er.

»Ja«, antwortete ich.

»Glaubst du, daß das Leben kurz ist?« fragte er, aber als ich antwortete, ich wüßte es nicht, sagte er, er sei sich sicher, daß es nicht kurz sei, sondern schrecklich lang, und beim Aufwachen denke er immer daran.

»Nimm ihn«, sagte er und deutete auf Heinz. »Mit ihm bin ich schon über ein Jahr zusammen.

Das Leben ist kurz wie Gras, sagt er immer, aber das stimmt nicht. Hier, diese mageren Hände und dieses weiße kranke Gesicht, das schon so alt wirkt, ich kenne sie schon sehr lang. Und meinst du, ich würde sie kennen, wenn ich sie nicht so lange gesehen hätte? Und ich kenne ihn, wie ein Kind den Weg kennt, den es jeden Tag zur Schule geht. Dieser Baum und dieses Haus und diese alten Leute, die am Fenster essen – und hier, dieser Fleck auf seiner rechten Hand, die Trockenheit seiner Haut und das Alte in seiner Stimme, mir ist, als hätte ich ein Leben mit mir selbst verbracht und ein weiteres mit ihm, und im Laufe der

Zeit sammelst du so viele Leben, daß dir ist, als hockten sie auf deiner Schulter und drückten, bis dir beklommen ist und du zu reden beginnst, um sie loszuwerden, aber sie bleiben trotzdem und zeichnen dich langsam, sie zeichnen dir ihre Schwere und Beklemmung ins Gesicht, auf die Hände – hast du gesehen, wie häßlich ich bin? Die Leute, die sagen, daß ein Jahr schnell vergeht, vergessen, daß sie ein weiteres Jahr bräuchten, um zu erzählen, was im vergangenen geschehen ist. Ich schlafe jetzt.«

Er lag wieder da und hatte die Augen geschlossen, so daß seine Lider wie müde violette Flecken auf seiner bleichen Haut lagen, und kurz danach schlief er wieder, denn er schmatzte mit den Lippen, wie manche Menschen, wenn sie schlafen, oder Kinder.

Was habe ich mit diesen Leuten zu schaffen? dachte ich, es ist, als kämen sie von einer anderen Erde, aus einem fremden Land, denn im Schlaf entfernen sie sich weiter von mir und immer weiter, und ich dachte daran, fortzugehen und das chinesische Mädchen zu suchen, weil ich sie in Calais gesehen hatte und weil sie nicht stehengeblieben war, als ich sie rief im Regen, weil ich sie dann gesucht hatte, überall, in Calais und in den anderen Städten, aber eigentlich nur, weil ich mit ihr reden wollte. Doch als ich meinen Rucksack gepackt hatte, sagte Fey: »Du darfst noch nicht fort, laß *sie* erst gehen, ich möchte, daß du noch bleibst.«

»Du hast geschlafen«, sagte ich, aber sie habe nicht geschlafen, antwortete sie, und wolle nicht, daß ich ginge.

»Morgen muß ich wieder Blumen pflücken, und du mußt mir helfen.«

»Ich komme wieder«, sagte ich, »ich komme zurück. Ich lasse meinen Rucksack hier«, und ich ging, in die Stadt Luxemburg.

Die Züge, die dort ankommen, fahren über eine Eisenbahnbrücke, die wie ein hohes, anmutiges römisches Aquädukt aussieht. Abend war es, als ich unter ihr hindurch zu Les Trois Glands ging, einem hochgelegenen Punkt, von dem aus man einen weiten Blick hat. Doch jetzt war es dunkel, und das Tal war eine große Schale voll Stille, manchmal überrascht von Geräuschen, abendlichem Wasser vielleicht, oder dem Mond, der redet. Ich konnte mich nicht hinsetzen, denn auf allen Bänken saßen Leute, die einander liebten oder entsprechende Gesten machten. Nun kenne ich die Parks, und schwierig ist das nicht, denn man geht immer über den gleichen kiesigen Sand, der unter den Schuhen knirscht – im übrigen liegen alle Parks nebeneinander, der Slottesparken in Oslo, der Luxembourg und der Vondelpark, und in Rom der Park der Villa Borghese –, man durchquert sie auf einem ganz langen Weg, mit Bänken auf beiden Seiten, und darauf die Menschen. Es ist ein Reigen. Der Reigen der Menschen auf den Bänken in den Parks, und der Junge, der auf dem Weg zwischen ihnen hindurchgeht.

»Warum störst du uns«, sagen sie. »Dies war unser Abend, er war dafür ausgestattet mit Stille, mit Bäumen, in denen es vielleicht vor Geheimnissen raschelt. Dies war unser Abend, der Mond ist da, königlich, und spaziert schwermütig durch den Duft von Bäumen und Erde, rührt an den Duft unserer Körper – und irgendwo, wo? sickert Wasser.«

»Warum sagt ihr das?« fragte ich.

Sie: Siehst du denn nicht, wie wir plötzlich in unserer Haltung erstarren, wenn du dich näherst, du bist der Eindringling, der Unerwünschte.

Ich: Warum haltet ihr fest, was ihr loslassen müßt? Denn euer Streicheln ist sterblich, und ihr bannt es nicht.

Sie: Und wenn du an uns vorbeikommst, sitzen wir erstarrt da, und oft sind wir lächerlich, wie wir da sitzen. Du hast dich aufgedrängt, du bist eine Menschenmenge.

Ich: Gleich geht ihr miteinander fort und vielleicht schlaft ihr zusammen in einem Bett, wenn ihr es nicht schon hier tut – ihr werdet dann morgen früh wach, ja, der eine wird vor dem anderen wach und sieht, was er liebt oder nicht liebt, was er gestreichelt hat mit Händen und Mund. Das sieht er bei Licht, und es ist fremd, wie vergrößert, ist plötzlich angsterregend, ein fremder Körper, so nah.

Sie: Und wenn du vorbei bist, hörst du, hassenswert, hassenswert, das Sich-Verlagern eines Fußes auf dem Weg, eines Fußes, der sich abstemmt, damit sich der Körper besser vorbeugen kann.

Ich: Ich gehe zwischen euch hindurch in allen Parks der Welt, ich gehe zwischen der Liebe durch und begreife es nicht, man kann sich doch nicht teilen. Morgens, wenn der Arbeitstag beginnt, verlaßt ihr einander, und die Körper machen sich auf ihren einsamen Weg, der gestreichelte Körper ebenso wie der meine, der ungestreichelte; sie entfernen sich weiter voneinander, als die Nacht je wieder aussöhnen oder vereinen kann.

Sie: Was willst du? Wir kennen unsere Unvollkommenheit – aber man liebt nicht aus Mitleid mit der eigenen Sterblichkeit. Die Frau, die wir hier bei uns haben, ist die einzige. Wir halten die einzige in das Abendlicht, und sie ist ein Geheimnis, wir halten sie in das Licht ihres Geheimnisses, und sie wird umkleidet von Zärtlichkeit.

Ich: Und diese einzige, wenn ihr ihr nicht begegnet wärt, damals und dort, dann hättet ihr eine andere einzige finden müssen, denn die Welt ist voller einziger, die gefunden werden müssen.

Sie: Eine einzige wird nie gefunden, sie entsteht. Ihre Gesten offenbaren sie, und sie entsteht aus dem, was sie sagt und was wir davon hören, sie nimmt Gestalt an durch den Anlaß, den sie dazu gibt, und durch die Gelegenheiten, die wir ihr geben, um Anlaß zu geben. Gut, was wir streicheln und in unseren Armen halten, ist, wem wir begegnet sind, damals und dort, doch was wir daran kennen, haben wir geschaffen.

Ich: Wenn ich weiter- und immer weitergehe in den Abend hinein, der sich auch für mich mit Herrlichkeit gerüstet hat, der die Hände auf die Unruhe des Tages und des allzu vielen Denkens legt, wenn ich dann weitergehe und ich fände eine Bank und würde mich mit einer anderen auf sie setzen, würde ich mich dann nicht verlieren?

Sie: Unmöglich – du verlierst dich nicht, es sei denn aus Unvermögen. Du hast Angst, uns zu imitieren, uns und unsere Gesten, doch das ist unmöglich, jeder hat seine eigene Geste, seine eigenen Worte und den eigenen Geruch, wie eine Kennzahl. Du läufst hier nicht einmal mit Stolz herum, sondern mit Angst und Unvermögen, und es ist nicht gut, zwischen uns hindurchzugehen und, was wir heute abend aufgebaut haben, wie Reisig auf der Härte deines Zweifels zu zerbrechen. Wir haben nur wenig Zeit. Noch ein Tag, und wir selbst gehen hier, und uns wird zumute sein, als wäre uns das Blut eingetrocknet; der Körper, an dem wir einander erkannt haben, beginnt den Verrat des Alters, der unsere Erinnerungen in Dürre zerreibt.

Ich: Worin besteht dann am Ende der Unterschied?

Sie: Daß man nicht am Ende lebt, sondern jetzt. Jetzt, in der Gespanntheit eines Körpers und der Subtilität einer Hand, die über ihn streicht; jetzt, in der Geheimsprache eines Mundes und in dem Verlangen eines Mundes, der sich auf ihn legt.

Ja, sagte ich, ja.

Fey wartete auf mich, als ich wieder zu ihrem Haus kam.

»Sind sie weg?« fragte ich, aber sie waren noch nicht weg, die anderen.

Wir setzten uns auf die Galerie, und sie legte ihren Arm um meine Schultern.

»Nein«, sagte sie, »auf die Mauer«, und wir gingen zu der Mauer. Sie kletterte als erste hinauf und zog mich dann nach, und so saßen wir auf der Mauer, die Gesichter dem Wasser zugewandt. Ich glaube, wir blieben lange so sitzen, sie mit ihrem Arm schwer auf meinen Schultern, von Zeit zu Zeit mit ihrer breiten Hand mit den roten Nägeln über meinen Mund streichend. Später legte auch ich den Arm um ihre Schultern, so wie ich früher mit meinen Freunden von der Schule zurückgegangen war, einer den Arm um die Schulter des anderen, uns Geheimnisse erzählend.

»He, Fey«, sagte ich, und sie lachte.

Ich fragte: »Ist es nicht merkwürdig, so hübsch zu sein?«

»Merkwürdig?«

»Ja«, sagte ich und legte meine Hand vorsichtig auf ihre Brust. »Du bist hübsch, ich glaube, das ist merkwürdig. Daß Dinge hübsch sind, ist etwas anderes, aber wenn eine Frau hübsch ist, dann weiß sie das. Das ist etwas ganz anderes.«

»Du liebst mich nicht, oder?« fragte sie.

»Ich weiß nicht«, sagte ich, »Ich glaube nicht, aber wissen kann ich es nicht, ich habe das nämlich noch nie getan.«

»Du liebst sie, glaube ich«, sagte sie.

Ich weiß es nicht, dachte ich, ich will nur mit ihr reden.

»Philip«, begann Fey wieder.

»Ja.«

»Glaubst du, ich bin zu alt zum Ballspielen?«

»Nein«, sagte ich, »das glaube ich nicht.«

»Manchmal, wenn keiner da ist, spiele ich mit dem Ball – ich renne über den Innenhof und lasse ihn hüpfen und zähle, wie oft er es tut –, manchmal werfe ich ihn an die Mauer und fange ihn dann wieder auf. Ich habe diesen Ball schon sehr lange, aber jetzt spiele ich nur noch mit ihm, wenn ich weiß, daß niemand es sieht.«

»Ich würde schon mit dir Ball spielen«, sagte ich, »es ist noch gar nicht so lange her, seit ich das zum letztenmal gemacht habe.«

Wir kletterten von der Mauer hinunter, und unten legte sie wieder ihre Hand an meinen Hals, wie damals beim Flieder.

»Glaubst du nicht, ich bin zu alt zum Ballspielen?« fragte sie noch einmal.

»Nein«, antwortete ich.

»Aber es spielen doch nur Kinder Ball?«

»Auch Kinder.«

Wieder drückte sie ihre Nägel fester in meinen Hals. Nicht beißen, dachte ich, aber sie sagte: »Wir können nichts sehen, es ist doch Nacht, der Ball wird verlorengehen, und dann finden wir ihn nicht wieder.«

»Jetzt hol den Ball«, sagte ich, »der Mond scheint doch.«

»Ja, der Mond scheint.«

Sie beugte den Kopf zurück und sah mich mit halb geschlossenen Augen an. »Ich habe mit vielen Männern geschlafen.«

»Ja«, sagte ich.

»Ich habe nie mehr mit einem Jungen Ball gespielt, während dieser ganzen Zeit.«

»Dann hol doch den Ball.«

Und sie nickte und lief ins Haus, um den Ball zu holen.

Es war ein großer blauer Ball mit gelben Streifen, und wir spielten zwischen den Steinhaufen, während die anderen schliefen. Wir sagten nichts und warfen einander den Ball so fest wie möglich zu. Später veranstalteten wir einen Wettkampf, und sie gewann, denn sie war geschmeidig wie ein Tier. Es war fast wie Tanzen, wenn sie sprang, um ihn zu fangen, oder sich zurückbeugte, um ihn zu werfen. Einmal kam sie mit dem Ball in den Händen auf mich zu. »Ich glaube, der Ball ist das Glück«, sagte sie, »ich muß ihn immer fangen, aber wirf ihn so fest du kannst«, und als sie wieder auf ihrem Platz stand, warf ich den Ball hoch und weit zum Mond hinauf, so daß er einen Augenblick lang kalt und gefährlich leuchtete.

»Hier ist dein Glück«, rief ich, »fang es«, und sie sprang danach wie ein verzweifelter großer Vogel, die Arme wie blinkende Flügel, und fiel mit dem Ball in den Armen hin.

»Tut's weh?« fragte ich, aber sie sagte nur: »Ich hab ihn«, und wir spielten weiter, vielleicht stundenlang, und danach schliefen wir auf der Galerie, denn es war nicht kalt in dieser Nacht.

Als ich aufwachte, weil die anderen herunterkamen, sah ich, daß Fey noch schlief, den rechten Arm wie einen Bogen gestreckt, als wäre da jemand, oder als Einladung, und ihre linke Hand hatte sie auf dem Ball, der zwischen uns lag, unschuldig blau und gelb im Tageslicht.

Heinz breitete eine große Karte von Europa auf dem Boden aus und zog mit Rotstift einen Strich von Plymouth über Paris und Zürich bis nach Triest.

»Was ist das?« fragte ich, aber er markierte Europa oberhalb des Striches mit einer I und unterhalb des Striches mit einer II.

I ist also England, Nordfrankreich, ferner die Niederlande, Belgien, Luxemburg und Skandinavien, II ist Frankreich, Spanien, Portugal, die Schweiz, Italien und Jugoslawien.

»Taktik«, sagte er, »es ist einfach eine Frage der Taktik. Du bist I, und wir sind II – du suchst in I, wir suchen in II.«

Nein, dachte ich, ich suche, wo ich will, aber ich kann da schon hinkommen, also sagte ich, ich sei einverstanden.

Heinz' Rucksack war eingefallen und flach, ein wundersam zu seinem Träger passendes, Don-Quijote-artiges Attribut. Er fuhr sich mit der Zungenspitze über die trockenen Lippen und sagte: »Leb wohl, mein Lieber«, und danach machte er eine Bewegung mit den Händen, als wolle er noch etwas sagen oder tun, aber er tat es nicht und ging langsam, als wäre seine Last schwer, die Einfahrt hinunter. Einmal drehte er sich um und schaute, ob Sargon noch nicht käme, und er war bleich wie der Morgen.

»Kommst du, Sargon?« fragte er.

»Ich muß ihm noch etwas erzählen«, rief Sargon.

»Nein«, sagte ich, »ich gehöre jetzt nicht mehr zu euch, ich bin I, ihr seid II, er hat das selbst so entschieden, ich will es jetzt nicht mehr hören.«

Doch er packte mich am Arm und zog mich sanft mit – »bis zur Hauptstraße?« fragte er, und bis zur Hauptstraße erzählten der breite, rosige Mund und die im aufgedunsenen Grau des Gesichts fast verborgenen Augen von Sargon – ja, daß er Gedichte gemacht, damit aber schließlich aufgehört habe, weil er immer nur sich selbst auf dem Papier wiedergefunden habe, ganz aus dem Lot.

»Philosophie, hab ich probiert«, sagte er, und so redete er und redete er, und ich hörte Thomas von Aquin und die fünf Gottesbeweise. Sicher, so müsse es sein, habe er gedacht, das sei schlüssig, doch Schopenhauers simplistische Leugnung eines Schöpfers habe ihn verwirrt, alle Philosophen hätten ihn verwirrt und durch ihre gegensätzlichen Sicherheiten unsicher gemacht, über alle Maßen, denn auch wenn er nicht weiter gekommen sei als bis zu populären Betrachtungen über ihr Werk, so hätten die darin angeführten Zitate doch einen Eindruck auf ihn gemacht, den er als das Aroma der Wahrheit betrachtet habe.

»Ich habe es aufgegeben«, sagte er.

»Sargon«, rief Heinz. Er war jetzt weit vor uns.

»Geh nur zurück«, sagte Sargon. Und wir grüßten einander, und ich ging zurück, zu Fey.

»Sie sind weg«, sagte ich, und sie sagte, ich müsse jetzt auch gehen, und deshalb ging ich meinen Rucksack von oben holen, aber als ich wieder nach unten kam, war sie nicht da, um mir adieu zu sagen. Vielleicht war sie über die Mauer geklettert und pflückte dort Blumen oder spielte Ball, ich weiß es nicht, jedenfalls bin ich fortgegangen, und weil ich I war, wandte ich mich nach Norden, und in dem Land von Maas und Waal habe ich bei der Kirschernte gearbeitet, denn mein Geld war alle.

Mit einer Rassel ging ich durch die Obstgärten, um die Stare zu verjagen. Huhuhuhuhu schrien wir, und wir rasselten und schlugen auf Blech, und als die Kirschernte vorbei war, ging ich auf die Insel Texel, um dort Kraut zu ziehen und später Blumenzwiebeln aus der Erde zu graben. Ich weiß nicht mehr viel davon – die Erde war morgens naß und trocken und mühselig am Mittag, wenn die Sonne hoch stand.

Wir knieten auf der Erde und gruben die Zwiebeln mit den Händen aus, wonach wir sie in große Siebe legten und schüttelten, damit die Erdklumpen abfielen. Und daß es manchmal regnete, weiß ich noch, und daß wir dann vornübergebeugt auf der weiten Fläche des gerodeten Feldes lagen, als liebkosten wir die Erde aus Sehnsucht, in sie zurückzukehren. Denn auch wenn es vielleicht nicht stimmt, glauben doch viele von uns, eher aus der Erde gekommen zu sein als aus einer Frau.

Das alles habe ich getan, um Geld zu verdienen, denn ich wollte sie weitersuchen, und das habe ich auch getan, in den Niederlanden, aber ich fand sie nicht, danach in Deutschland, aber ich fand sie nicht – und so war es September geworden, und es war Herbst und frühmorgens, als ich die Grenze nach Dänemark überschritt.

Und nach der Paßkontrolle betrachtete ich den Stempel und sah: KRUSAA, Inrejst.

Ich sah mich um, und sie war wirklich da.

5 *Wer jetzt aus der Paßkontrolle in Krusaa kommt, kann mich vielleicht noch sehen, denn ich stehe da rechts von der Straße, beim Gebüsch, und ich sage zu ihr: »Hallo, ich habe dich überall gesucht.«*

Sie trug jetzt eine Jacke aus schwarzem Samt über der schmalen Kordhose, und in den Kleinmädchenschuhen mit Spangen steckten nackte Füße.

»Ist dir nicht kalt?« fragte ich, »mit nackten Füßen? Hier ist es schon Herbst.«

»Ja«, sagte sie, »in Kopenhagen kaufen wir Strümpfe.«

»Vielleicht können wir schon vorher welche finden, wenn wir eine Mitfahrgelegenheit bekommen, die nicht direkt nach Kopenhagen führt. Aber zieh doch bis dahin ein Paar von mir an.«

Das tat sie, denn meine Füße waren nicht viel größer als ihre – und danach sind wir die Straße entlanggegangen, sie in der linken Hand zwei schmale, flache Köfferchen, deren Griffe sie mit Schnürsenkeln zusammengebunden hatte, um sie leichter tragen zu können. Am rechten Arm trug sie eine Tasche mit Kleidern und Sachen zum Essen.

Als erstes wurden wir bis Aabenraa mitgenommen, und da haben wir Strümpfe gekauft und in einer Kneipe Karten gespielt.

»Ich fahre bloß bis Haderslev«, sagte der nächste, aber er brachte uns doch bis nach Kopenhagen, obwohl wir nicht wußten, warum, denn er sprach nicht mit uns. Es war noch Nachmittag, als er uns mitnahm, und Nacht, als er uns am äußersten Rand von Kopenhagen absetzte.

Weil er nicht sprach, haben auch wir nicht miteinander gesprochen, nur auf der Fähre hat sie mit mir geredet, nachdem er uns allein gelassen hatte. Wir beugten uns am Heck über die Reling und schauten auf die Spur, die das Schiff im Wasser zog, und zu den Lichtern, die in Nyborg angezündet wurden, weil es nun Abend war.

»Was machst du gern?« fragte sie.

»Ich lese gern, und ich sehe mir gern Bilder an, und ich fahre gern Bus, abends oder nachts, zum Beispiel wenn ich ein Fest mit meinem Onkel Antonin Alexander feiere.«

»Und was noch?«

»Am Wasser sitzen«, sagte ich, »und im Regen herumgehen und manchmal jemanden küssen. Und du?«

Sie dachte kurz nach, und dann sagte sie: »Auf der Straße singen oder auf dem Bürgersteig sitzen und Selbstgespräche führen, oder weinen, weil Regen heraufzieht, aber das alles ist nicht erlaubt, man kann nicht auf einem Bürgersteig sitzen, um Selbstgespräche zu führen, denn das halten die Leute für verrückt, und dann muß man dort weggehen.«

»Und was tust du sonst noch gern?«

»Denken, daß ich so bin wie meine Großmutter.«

Wie ist deine Großmutter? dachte ich, aber sie sagte es, bevor ich fragte. »Sie ist manchmal sogar für mich merkwürdig, denn ihr Alleinsein macht es ihr schwer, mit Kindern umzugehen.«

Du hast überhaupt keine Großmutter, dachte ich, das stimmt nicht, sonst hätte Maventer mir das schon erzählt.

»Sie ist jetzt alt und kerzengerade, und meistens gibt sie sich böse gegen uns Kinder. Wir sind dann sehr verwundert. Ich finde das traurig, denn jeder verurteilt ihre Art zu leben, niemand versteht, daß es ein wildes Herz ist, das in seinem Winkel lebt und leidet und dort auch sterben wird. Ich denke, sie gleicht am meisten dem Monat November. Man hat mir erzählt, daß ihre Beine jetzt kaputt sind und voller Schrammen von den Wurzeln, Nadeln und Baumstümpfen in den Wäldern, in denen sie herumwandert, stundenlang und immer allein, mit einer Sichel in der Hand. Ich bin ihr manchmal gefolgt. Sie ist wie ein Tier aus den Wäldern, ein wildes Tier, das den richtigen Platz sucht, um ganz allein zu sterben.«

Ich verstand, dies war das Bild, das sie für sich selbst entworfen hatte für die Zeit, wenn sie alt sein würde, obgleich ich mir nicht sicher bin.

Das Wasser schäumte unter uns, und wir sahen, wie es mit einem Mond spielte, der mit dem Schiff Schritt halten wollte, doch später in der Nacht, in der Stadt, wurde *unser* Spiel geboren, denn weil es schon so spät war, gingen wir nicht mehr schlafen. Wir fuhren mit der Straßenbahn, bis wir Wasser sahen, und dort hieß es Nyhavn.

»Da ist ein Boot«, sagte sie. Wir ließen unser Gepäck am Kai stehen und setzten uns in das Boot.

»Wie heißt du?« fragte ich, aber ich wußte schon, daß sie Marcelle hieß, weil der Mann Maventer es mir erzählt hatte.

»Du mußt dir noch einen Namen für mich ausdenken«, sagte sie und wandte sich mir zu, ganz schnell – so daß das Boot und das Wasser kurz schaukelten, und fremd und starr wurde das alte Elfenbein ihres Gesichts vor meinen Augen.

»Du bist jetzt so nah«, flüsterte ich, »darf ich dein Gesicht in die Hände nehmen?«, und weil sie nicht mehr antwortete, legte ich meine Hände um ihr Gesicht, denn dafür waren sie geschaffen, die Form ihrer hohen Wangenknochen wuchs in meine Handfläche, und »Mach doch die Augen zu«, sagte ich, »mach die Augen zu«, um sie auf die Lider zu küssen, die sich zitternd über den Augen schlossen, violett wie diese Blumen, die man manchmal an Sumpfrändern im Süden sieht, deren Namen ich aber nicht mehr weiß.

»Ich nenne dich Champignon«, sagte ich, und dann ließ ich sie los, vorsichtig, voll Angst, daß meine Hände ihrem Gesicht weh täten, aber sie lachte plötzlich, so daß sich ihr Gesicht mit Lieblichkeit überzog, während das Licht auf ihren Zähnen spielte, sich versteckte und verfolgte unter den Augen, die groß waren und noch immer unbegreiflich.

»Was ist in diesen Köfferchen drin?« fragte ich, und ich dachte, sie würde es vielleicht nicht sagen wollen, weil sie auch ihren Namen nicht gesagt hatte, aber sie machte die Schnürsenkel auf, an denen sie die Köfferchen getragen hatte, und öffnete sie.

»Dies ist mein Gefolge«, sagte sie. »Ich werde jetzt hofhalten.« Und dann wurde sie eine Prinzessin.

Es war ein kleines Grammophon mit Platten.

»Und dies ist auch mein Gefolge«, sagte sie wieder und deutete auf ein kleines Buch, das aus ihrer Jacke hervorlugte. »Soll ich sie rufen?«

»Ja«, dachte ich und sagte, »ruf sie nur.«

»Aber dann mußt du deins auch rufen.«

Ich habe kein Gefolge, wollte ich sagen, aber ich dachte an alles, was mir der Mann Maventer über sie erzählt hatte, und darum antwortete ich: »Ich denke, ich werde sie auch rufen, ich denke schon.«

»Du wirst doch wohl ein Buch haben?«

»Ja«, sagte ich, denn obwohl die meisten Menschen es merkwürdig finden, wenn man Gedichte liest, dachte ich, daß sie vielleicht nicht darüber lachen würde, und ich zeigte ihr mein kleines Buch, das ich immer bei mir habe und in das ich die Gedichte schreibe, die ich schön finde.

»Gut«, nickte sie, »das ist wie meines, und das Gefolge ist wirklich gut, un très noble cortège. Hast du einen Kamm?«

Ich gab ihr meinen Kamm, und sie kämmte sich und brachte ihre Kleider in Ordnung und sagte, ich müsse das auch tun.

»Warum?« fragte ich, aber darauf gab sie keine Antwort, sondern wollte wissen, wo wir waren.

»In einem Boot«, sagte ich, »im Nyhavn, Kopenhagen.«

»Ja«, sagte sie, als fände sie das sehr wichtig, »und wir haben jetzt unser Haar gekämmt, ich denke, wir können das Gefolge jetzt empfangen«, und sie legte eine Platte auf, das Cortège aus einer Sonate von Domenico Scarlatti, und es war schon ein merkwürdiger Anblick, die drei Boote aus der Havngade herbeifahren zu sehen, denn sie waren mit Astern und Skabiosen geschmückt, und im ersten Boot, das in den Farben des Herbstes geflaggt war, saß das Kammerorchester, reglos – vielleicht bewegte sich das Silber einer Perücke im Licht oder die Spitze eines Jabots, doch das war nicht wichtig, sie saßen da wie Statuen, während der Cembalist das Cortège spielte.

»Das ist Scarlatti selbst«, flüsterte sie, und ich dachte daran, daß dies der Mann war, der gelegentlich bei meinem Onkel Antonin Alexander zu Besuch kam und dem ich einmal vorgestellt worden war, ohne ihn gesehen zu haben.

»Sind die anderen auch da«, fragte ich sie, aber es waren nur die Komponisten gekommen, von denen sie eine Platte besaß.

»Der mit dem roten Haar, da hinten, das ist Vivaldi«, sagte sie, und ich sah, daß sie errötete, als er sich verbeugte, während sie auf ihn deutete.

Die Boote kamen längsseits. »Wenn du in dein Büchlein

schaust, erkennst du sie«, sagte sie, »schau nur«, und sie legte das Büchlein aufgeschlagen in ihren Schoß. Ich sah, wie die Männer leise miteinander sprachen und daß einige Kostüme trugen aus längst vergangenen und eigentlich auch vergessenen Zeiten, daß manche alt waren und sehr müde, daß eigentlich alle diese Gesichter etwas Altes hatten.
»Dort ist Paul Éluard«, sie stieß mich an, und ich sah ihn und flüsterte: »Warum ist er hier?«
Sie deutete in ihr Büchlein, und als der Wind das Licht kurzzeitig nicht wegfächelte, sah ich das Zitat.

Avec tes yeux, je change comme avec les lunes

und

Pourquoi suis-je si belle?
Parce que mon maître me lave …

Er gab uns die Hand und setzte sich kurz zu uns und sprach mit uns – so habe ich an jenem Abend mit vielen Menschen gesprochen, denn ich stellte ihr die Männer aus meinem Gefolge vor, wie zum Beispiel E.E. Cummings, weil er das Gedicht geschrieben hat »Somewhere I never travelled, gladly beyond any experience, your eyes have their silence«, und weil dieses Gedicht mit den Worten endet: »The voice of your eyes is deeper than all roses, nobody, not even the rain, has such small hands.«
Oh ja, und hinzu kamen alle die anderen Namen, von mir Bécquer aus Spanien, »Yo de ternura guardo un tresoro«, und von ihr »mas non sai quoras la veyrai, car trop son notras terras lonh«, und mit dem Mann, der dies geschrieben hatte, sprach sie in der Sprache, die ich in dem Dorf bei Chez Sylvestre gehört hatte, und an seiner Kleidung erkannte ich, daß er ein Trouba-

dour sein mußte. Er war Jaufre Rudel, und ihn begleiteten Arnaut Daniel und Bernart de Ventadour.
So war dies ein wundervoller Abend, denn die Stadt hinter uns schwieg, und wenn das Orchester nicht spielte, sprachen die Männer in den drei Booten, die wie ein Hufeisen um unser kleines Boot herumlagen, und zu der sanften Musik hat Hans Lodeizen wieder gesagt

Ich wohne in einem anderen Haus;
manchmal begegnen wir uns
ich schlafe immer ohne dich
und immer sind wir beisammen.

Und sogar Paul van Ostayen war gekommen, mit seinem Harlekin in Wassergrün und der Colombine in zerschlissenem Rosa aus der »Unbedeutenden Polka«.
So hat sie in jener Nacht im Nyhavn hofgehalten, und gegen Morgen, als die Stadt bleich zu werden begann, sind die Boote weggefahren, und wir sind entlang dem Wasser zurückgegangen, zurück zu den Menschen.
Dennoch habe ich vielleicht erst eine Woche später gesagt, daß ich sie liebe, denn da hatte ich sie bei Sonne und Regen gesehen, wie sie dem einen oder anderen Seewind zugehörig war oder leise redete in der Kälte des frühen Morgens, wenn wir nicht geschlafen hatten. Nachts habe ich sie gesehen, in der brütenden Hitze eines Lastwagens auf den Straßen Schwedens, an meiner Schulter schlafend, und wir kannten einander, weil wir beisammen waren, wegfuhren von Helsingör mit Hamlets Schloß im Rücken und schliefen in den Wäldern beim Varnasee, wo die Nächte geheimnisvoll sind vor Alter und wir die

Bosheit Lokis hinter bizarren und unheimlichen Schatten ahnten.

In Stockholm habe ich es also gesagt, und vielleicht hätte ich es auch dort nicht getan, wenn es nicht geregnet hätte – ich glaubte nämlich nicht, daß sie mich liebte, und dann braucht man nicht davon zu reden. Doch es regnete, und weil wir immer die Nähe des Wassers aufsuchten, lagen wir unter einer Brücke, der Kungsbro, vor dem Regen verborgen in einer Nische, die zwischen der Straße und dem sanften Bogen, auf dem die Brücke ruht, ausgespart war.

Die Autos fuhren über uns, und ich sagte »Je t'aime«, doch sie schlug die Augen auf – sie tastete nach meinem Gesicht und strich flüchtig darüber, bevor sie antwortete – falls das eine Antwort ist – »bien sûr«.

Danach lagen wir still, sehr lange, glaube ich, bis sie wieder zu sprechen begann.

»Weißt du, daß ich fortgehe?«

»Nein«, sagte ich, »das wußte ich nicht«, und ich wußte, ich würde dieses Spiel verlieren, weil ich sie liebte, weil wir ineinanderpaßten wie Hände und sie trotzdem weggehen würde.

»Weißt du«, fragte sie, »daß das Leben eine liebliche Angelegenheit ist?« Doch bevor ich antworten konnte, fuhr sie fort.

»Du wirst wohl weiter nach den kleinsten Sicherheiten suchen, denke ich, und dich weiter an Menschen hängen und an Orte, und vor allem wirst du die Welt weiterhin lieblich finden, denn das hast du immer getan.

Ich tue das auch, wenngleich ich kaum weiß, wer ich bin, und schon gar nicht, warum ich hier bin. Vielleicht nur, um mich zu wundern und den Menschen zuzusehen und zu erkennen, daß das Leben sein eigener Trost ist, obwohl ich denke, man kann

das nur dann sehen, wenn man glaubt, daß diese Welt die schlechteste ist, hoffnungslos und betrüblich und zum Untergang bestimmt, aber gerade dadurch so erstaunlich, Zärtlichkeit weckend und lieblich, über alle Maßen.«
Sie schwieg, und ich hob sie ein wenig hoch, damit sie in meiner Armbeuge liegen konnte. Der Regen fiel weiter und blühte vor der Nische wie Bilder vor einem Fenster, und ich dachte, daß die Lieblichkeit der Welt mit allen Menschen immer wieder von neuem beginnt, daß sie nicht zu deuten ist, und ferner, daß es so ist, wie mein Onkel Antonin Alexander gesagt hat: »Das Paradies ist nebenan.« Und daß wir selbst auch erstaunlich sind, sah ich, Zärtlichkeit weckend, weil wir zerbrechlich sind, mißlungene Götter und von vornherein verloren, jeder von uns. Aber wir können immer spielen, jeder kann spielen.
Es war merkwürdig, sie zu lieben, merkwürdig schon, überhaupt jemanden zu lieben, denn ich hatte das noch nie getan. Ich nahm alles an ihr wahr, an ihrem Gesicht, das ich manchmal befühlte, als erschüfe ich es neu mit meinen Händen, an den Dingen, die sie sagte und die sie nicht sagte, an der Art und Weise, wie sie sich bereit machte, hofzuhalten, wenn sie sich die Haare kämmte und die Lippen mit einem kleinen Pinsel anmalte. Sie machte das so ernst wie ein Kind, das mit Erwachsenensachen spielt. Die letzte Geste des Zeremoniells war stets, daß ich die zarte Haut hinter ihren Ohren mit Ma Griffe bestrich, von Carven.

Am nächsten Tag saßen wir am Saltsjön, unter den schweren Eichen von Djurgården, und schauten den Schiffen zu, die auf dem Weg von und zur Ostsee vorbeifuhren, und Krähen waren es, die über uns schrien und den Winter lauthals ankündigten, denn überall sprach der Herbst, vor allem an den folgenden Tagen, im Binnenland, als wir nach Norden zogen.

Jetzt stand mir noch bevor, sie zu verlieren. An jenem Abend, als es stürmte.

Durch Lappland hochgefahren, waren wir entlang der Küste Norwegens nach unten, bis zum Nordfjord, gekommen. Die Berge, vorn im Fjord zu mächtigen Tieren zusammengedrängt, dröhnten und schallten mit dem Sturm, und wir hörten das Wasser rufen und schreien. Der Regen schlug uns, wir hielten uns gegenseitig fest und gingen zu einer Scheune, die wir von der Straße aus gesehen hatten.

Ich machte meine Laterne an und sah, daß sie mich anschaute, ich nahm vielleicht zum erstenmal in ihren Augen die Farbe von Blutjaspis wahr.

Sie sah mich an, wie sie mich angesehen hatte, als sie einmal ein bißchen krank war, im Norden, bei Abisko.

»Bist du krank?« hatte ich sie damals gefragt, »oder bist du nur traurig«, doch sie hatte gelacht und geantwortet: »O, mais tu sais que les filles ont des ennuis chaque mois.«

Jetzt sagte sie: »Wir sind traurig.«

»Ja«, sagte ich, »denn du gehst fort.«

Wir standen ein Stück voneinander entfernt, und plötzlich lief sie auf mich zu. Ich fing sie auf, legte sie auf den Boden und küßte sie. Ich hielt sie fest, als könnte das ihr Fortgehen verhindern, denn ich wußte, sie würde gehen, ich wußte es; daß ich sie gesucht hatte und gefunden, daß sie zu mir gehörte und daß sie trotzdem weggehen würde, allein.

Sie streichelte meinen Rücken, während ich sie in den Armen hielt, ihr Haar zwischen meine Lippen nahm und es kostete.

Vielleicht war es lang, daß wir so lagen, ich im Begriff, sie zu verlieren, sie im Begriff wegzugehen.
»Jetzt muß ich aufstehen«, flüsterte sie, »jetzt muß ich gehen.«
»Nein«, antwortete ich. »Das ist unmöglich, es regnet, und du wirst krank.«
»Du weißt, daß ich gehe«, sagte sie, »du weißt, daß ich allein sein muß, ich kann nicht bei anderen Menschen bleiben und da wohnen.«
»Aber bei mir doch«, sagte ich, »bei mir kannst du doch wohnen. Mit mir kannst du doch spielen, immer? Ich kann die Dinge für dich sicher machen – wir haben jetzt doch auch zusammen gespielt, eine Reise lang.«
»Ich weiß« – sie hielt meine Hand. »Du bist der einzige, bei dem ich wohnen könnte – aber ich will es nicht, ich will allein bleiben, und du weißt das.«
Ja, dachte ich, ich weiß es.
»Wirst du wiederkommen?« fragte ich, aber sie sagte, sie käme nicht wieder.
Und ich habe sie gehen lassen.
Ich weinte. »Es regnet«, sagte ich, »es regnet« – doch sie hat nichts mehr gesagt, sie hat mich nur mit beiden Händen am Nacken gefaßt und mich auf den Mund geküßt, lange, und danach ist sie weggelaufen, und ich sah, die Hände um die Tür geklammert, wie sie verschwand. Manchmal schien der Mond auf sie, hinter vielen Wolken hervor, und dann war sie wie ein Mädchen, das vom Mond gekommen ist, aber aus Heimweh zurückkehrt.
Ich sah es und rief: »Du mußt zurückkommen, komm zurück, es ist ja doch überall das gleiche«, bis ich sie nicht mehr sehen konnte und nur noch ich da war.

Lange oder nicht lange danach bin ich zu meinem Onkel Alexander zurückgekehrt.

»Bist du das, Philip?« fragte er, als ich in den Garten kam.

»Ja, Onkel«, sagte ich.

»Hast du mir etwas mitgebracht?«

»Nein, Onkel«, sagte ich, »ich habe dir nichts mitgebracht.«

Juni – September 1954

Rüdiger Safranski
Nachwort

Cees Nooteboom schrieb 1954, als Zwanzigjähriger, den Roman »Philip und die anderen«, als er, wie er selbst von sich sagt, noch wenig von der Welt gesehen hatte. Das Buch erregte damals großes Aufsehen, weil es so jugendfrisch und romantisch daherkam, unbekümmert um die realistische Tradition der niederländischen Literatur.

Von diesem Buch ging ein Zauber aus, der offenbar bis in ein kleines südwestdeutsches Städtchen, nach Rottweil, drang. Auch ich war noch jung, ein Schüler, es war das Jahr 1962, als ich in einer kleinen Buchhandlung auf dieses Wunderwerk stieß, das in der damaligen Übersetzung »Das Paradies ist nebenan« hieß. Sofort hatte ich das Gefühl, daß nicht ich ein Buch, sondern ein Buch mich gefunden hatte. So muß es wohl zugehen bei einem Leseerlebnis mit Schicksalsmacht. Dieser Roman wurde mein persönliches Kultbuch. Ich steckte meine Freunde damit an, und jedesmal wenn ich mich neu verliebte, wurde daraus vorgelesen.

E. T. A. Hoffmann hat einmal gesagt, daß wir von Büchern, die uns am Herzen liegen, gerne glauben, »daß der liebe Gott sie wachsen läßt wie die Pilze«. Das sind dann die Bücher, die einen so in sich hineinziehen, daß man gerne annimmt, auch der Autor sei in ihnen verschwunden. Jedenfalls hörte ich in den 60er und 70er Jahren nichts mehr von Nooteboom. So hielt ich ihn für tot. Macht nichts, dachte ich, ein solches Buch reicht aus für ein Lebenswerk.

Eines Tages im Jahre 1988 sagte meine Frau, die das »Paradies«

auch vorgelesen bekommen hatte: Nooteboom lebt doch noch, er liest heute abend in der Buchhandlung! Inzwischen waren »Rituale« und »In den niederländischen Bergen« in Deutschland erschienen, was ich aber nicht bemerkt hatte. So eilte ich zur Lesung, und als ich dem Autor danach mein altes, zerschlissenes Exemplar vom »Paradies« zur Signatur vorlegte, zog er meine Schopenhauer-Biographie aus der Tasche. Er hatte sie soeben in der Buchhandlung erworben, natürlich ohne mich zu kennen. An diesem Abend begann unsere Freundschaft in der Wirklichkeit, nachdem sie in der Imagination – von meiner Seite aus – schon seit so vielen Jahren bestanden hatte.

Was ist das für ein Buch, dessen magische Fernwirkung unsere Freundschaft begründete?

Es erzählt davon, wie Philip durch Europa trampt, seltsamen Menschen begegnet, auf der Suche nach einem Mädchen mit chinesischem Gesicht, das er nie gesehen hat und nur aus den Erzählungen eines entlaufenen Mönchs kennt. Er wird es am Ende finden, aber nur, um es zu verlieren. Ein romantisches Buch, das Paul Eluards »Ich träume, daß ich träume« zum Motto gewählt hat. Das Erzählen wird hier vorgeführt als die Kunst, das Aufwachen hinauszuschieben. Es triumphiert der Absolutismus der Poesie. Da erzählt das Chinesenmädchen in der Erzählung des Mönchs Maventer in der Erzählung des Philip in der Erzählung des jungen Nooteboom – da erzählt sie also, dreifach von der Wirklichkeit außerhalb der Erzählung abgeschirmt, ihre Geschichten und malt dabei einen Kreis in den Sand, einen Bezirk der Verzauberung, wo »eine unerträgliche Besessenheit sich der Landschaft bemächtigte und die Dinge einen Atem bekamen und mit ihr lebten, unerträglich«. Dem entlaufenen Mönch Maventer wird es zuviel, er sprengt den magischen Kreis, und das Chinesenmädchen kann ihm nur noch nachrufen: »Du hast Angst, weil deine Welt, deine sichere Welt, in der du die Dinge erkennen konntest, verschwunden ist, weil du jetzt siehst, daß die Dinge sich jeden Augenblick neu erschaffen und daß sie leben. Ihr denkt immer, eure Welt wäre die wahre, aber das stimmt nicht, die meine ist es, es ist das Leben hinter der ersten, der sichtbaren Wirklichkeit, ein Leben, das greifbar ist und vibriert – und was du siehst, was ihr seht, ist tot.«

Ein unbekümmertes Bekenntnis zur poetischen Magie, das in den späteren Erzählungen des Cees Nooteboom so nicht mehr zu hören sein wird. Die Sehnsucht und der Wunsch, in den eigenen Bildern zu verschwinden, wird später zur Ironie, wodurch Wirklichkeit und Poesie sich wechselseitig relativieren. Man könnte sagen, daß sich an dem modernen Autor Nooteboom das Schicksal der historischen Romantik noch einmal vollzogen hat: das Hin und Her zwischen romantischer Sehnsucht und ebenso romantischer Ironie.

»Indem ich dem Gewöhnlichen ein geheimnisvolles Ansehn gebe, romantisiere ich es«, hatte Novalis gesagt und damit das Betriebsgeheimnis aller Romantik aufgedeckt. Die Romantik ist ins Geheimnisvolle und Wunderbare verliebt, sie bemerkt aber auch, daß sie dieses Geheimnis und Wunder nicht finden, sondern erfinden muß. Ironie ist das Bewußtsein davon, daß wir erfinden, wo wir naiverweise glauben, etwas gefunden zu haben.

Der Erzähler in »Philip und die anderen« verhält sich zum Wechselspiel zwischen Finden und Erfinden noch nicht ironisch, sondern wehmütig. Er möchte, daß der Zauber wirklich in den Dingen und Menschen liegt und nicht nur in sie hineingelegt wird. Daß die Wirklichkeit hinter der Wirklichkeit womöglich nur in unserer Einbildungskraft existiert, ist für ihn eine enttäuschende Auskunft. Die Romantiker haben diese Spannung zwischen Wirklichkeit und Imagination als »Duplizität allen Seins« gedeutet – so lautet der Ausdruck bei E.T.A. Hoffmann, der häufig Figuren darstellt, die nicht ganz dicht sind und darum ins Imaginäre entweichen. Oft widerfährt es ihnen, daß sie sich, wie Nootebooms Philip, in eine Frau verlieben, von der sie haben reden hören oder deren Bild sie gesehen haben. Es ist ein romantisches Motiv, wie Philip durch die Erzählungen des entlaufenen Mönchs Maventer das Chinesenmädchen kennenlernt, um es dann in der Wirklichkeit zu suchen.

Die »Duplizität allen Seins«, die Spannung zwischen Phantasie und Wirklichkeit, macht das Leben zu einem Balanceakt. Jederzeit kann man abstürzen: entweder, was seltener vorkommt, in die hermetische Welt der Imagination, in einen poetischen Wahnsinn, in eine geschlossene Phantasiewelt; man spinnt sich in die Welten seiner Einbildungskraft ein und versucht, die Wirklichkeit draußen zu halten, zieht einen magischen Kreis um sich herum, ein Immunsystem, das die Zumutungen des Wirklichen wegfiltert.

Häufiger stürzt man ab in die ebenso hermetische, bloß viel engere Welt eines ausgenüchterten Realitätsprinzips, das nur noch die Verbindlichkeit der Außenwelt kennt. Das ist dann der vernünftige Wahnsinn der Realitätstüchtigkeit.

Die einen gehen in der Phantasie, die anderen in der Wirklichkeit unter. Sie halten die zerreißende Spannung zwischen Phantasie und Wirklichkeit nicht aus, jene »Duplizität«, die E.T.A. Hoffmann so beschrieben hat: »Es gibt eine innere Welt, und die geistige Kraft, sie in voller Klarheit, in dem vollendetsten Glanz des regsten Lebens zu schauen, aber es ist unser irdisches Erbteil, daß eben die Außenwelt, in die wir eingeschachtet, als der Hebel wirkt, der jene Kraft in Bewegung setzt. Die inneren Erscheinungen gehen auf in dem Kreise, den die äußeren um uns bilden und den der Geist nur zu überfliegen vermag in dunklen geheimnisvollen Ahnungen«.

Der Roman »Philip und die anderen« ist vom Bewußtsein dieser »Duplizität« geprägt: Weder wird die Phantasie an die Wirklichkeit noch die Wirklichkeit an die Phantasie verraten, die Spannung bleibt und wird mit dem Gefühl der Wehmut ausgehalten. Der Geist dieses Romans ist auf liebenswerte Weise noch zu ernsthaft für eine gelassene Ironie gegenüber den schmerzlichen Widersprüchen.

Der wunderliche Onkel Antonin Alexander mit dem Judenkäppchen und mit den Ringen, deren Gold Kupfer und deren Rubine und Smaragde nur rote und grüne Steine sind, dieser Onkel erteilt dem Knaben bei seinem ersten Besuch eine Lektion, die er nie vergessen wird: Wir sind mißratene Götter, sagt er, »wir sind geboren, um Götter zu werden, und zugleich, um zu sterben, das ist verrückt … wir bleiben immer irgendwo stecken«. Der Onkel schweigt, und nach einer Weile steht er auf und sagt: »Komm, wir feiern jetzt ein Fest!« Und dann wird eines jener »Feste« gefeiert, von denen der Roman wie mit Blumen übersät ist.

Was ist ein »Fest«? Es ist ein kleines, verschwiegenes Ritual, das die »geheimnisvollen Ahnungen«, von denen Hoffmann gesprochen hat, einfängt, etwas zugleich Ungeheures und Zartes, Erhabenes und Schlichtes, zum Beispiel, was sich Philip wünscht: »Spät abends mit dem Bus fahren, oder nachts … Am

Wasser sitzen ... und im Regen herumgehen und manchmal jemanden küssen.«

Das erste Fest feiert Philip also mit dem Onkel Antonin Alexander und das letzte mit dem Chinesenmädchen. In Nyhaven bei Kopenhagen besteigen die beiden nachts ein Boot. Sie geben sich neue Namen und empfangen ihr Gefolge, das sind die Dichter und Komponisten, die sie lieben. Am Ende sind sie umringt von einigen Booten mit altertümlichen Herren darin, ein kleines Orchester, hier und dort entdeckt man den rothaarigen Vivaldi und Scarlatti mit der Silberperücke im Mondlicht. Wenn die Musik verklingt, hört man das Gemurmel der Männer in den Booten, »und gegen Morgen, als die Stadt bleich zu werden begann, sind die Boote weggefahren, und wir sind entlang dem Wasser zurückgegangen, zu den Menschen.«

Wieviel Wirklichkeit steckt in solchen »Festen«?

In diesem ersten Roman sind die »Feste« solche Arrangements, die durch die Kraft der Phantasie leben und aus dem gewöhnlichen Alltag gleichsam herausgeschnitten werden. Der Kreis, den das Chinesenmädchen um sich herum in den Sand zeichnet, ist ein Symbol dafür.

Doch die Imagination kann noch mächtiger sein, sie zieht nicht nur ihre Zauberkreise, sondern sie infiziert die Wirklichkeit so, daß am Ende das Erdachte und Erträumte etwas ist, an dem nicht gerüttelt werden kann, ohne die Wirklichkeit zum Einsturz zu bringen. Diese Entdeckung bestimmt das spätere Werk Nootebooms. Wie sollten, so fragt er in einem Essay über »Europäische Fiktion«, die wirklichen Personen »einander die Probleme ihres kurzen vergänglichen Lebens begreiflich machen, wenn sie nicht über die Schlüsselworte verfügten, die die erdachten Personen ihnen in Gestalt ihrer Namen immerfort darboten? Konnte man denn noch über Zweifel sprechen, ohne Hamlet aus seinem Schlaf zu erwecken, war es noch möglich, gewisse Formen von Promiskuität zu erwähnen, wenn Don Juan nicht bereit wäre, Tag und Nacht Überstunden zu machen, stand Josef K. nicht hinter jedem drittklassigen Journalisten, der sich bemüßigt fühlte, etwas über die Bürokratie oder die Schrecken des totalitären Staates von sich zu geben?«

Tatsächlich: wir können unsere Natur nicht von unserer Kultur trennen. Was wir erleben und tun, auch das private Selbstverhältnis, bewegt sich im Horizont der großen Erfindungen, deren Wirkungen auf uns wir für unser Selbst halten. Noch bis vor kurzem haben wir die mythische Erfindung Ödipus zitiert, um unseren dunklen Obsessionen und Komplexen Gestalt zu geben, und wir werden niemals herausbekommen, ob es ohne den Ödipus den Ödipuskomplex überhaupt gegeben hätte. Nicht nur in der Seele, auch in der Politik dominiert die Erfindung. Der real existierende Sozialismus oder der Faschismus waren große, grausame Erfindungen, Mythen, welche die Wirklichkeit organisierten und überwältigten. Wo wir hinblicken – lauter Imaginationen. Und in welcher Welt leben eigentlich diejenigen, die von früh bis spät vor dem Bildschirm sitzen? Wie wirklich ist die Wirklichkeit im Zeitalter der Telekommunikation? Das Universum der Erfindungen weitet sich aus, und wahrscheinlich hat die Erfindungsmächtigkeit der Poesie inzwischen deshalb einen schweren Stand, weil sie eine so überwältigende, wenn auch triviale Konkurrenz bekommen hat.

Wenn Nooteboom in seinem Spanienbuch »Der Umweg nach Santiago« über Cervantes nachdenkt, erinnert er an die heroische Epoche der Poesie, als sie noch unbestritten die Königin war in der Welt der Erfindungen. Er erzählt davon, wie er den

Spuren des Cervantes folgen will und doch stets auf die Spuren des Don Quijote, der Dulcinea und des Sancho Pansa geleitet wird, so als hätten diese, nicht aber Cervantes wirklich gelebt. Von Don Quijote wissen wir jedenfalls, wie er aussieht, nicht aber von Cervantes, und das Haus der Dulcinea mit der liebevoll konservierten Einrichtung läßt sich noch heute besichtigen. »Für einen, dessen Leben das Schreiben ist, ein denkwürdiger Augenblick. Das echte Haus von jemandem zu betreten, den es nie gegeben hat, ist keine Kleinigkeit.«
Don Quijote hat sich bekanntlich von seiner Einbildungskraft täuschen lassen: die Windmühlen hielt er für Riesen. Da aber dieser Ritter von der traurigen Gestalt inzwischen wirklicher ist als sein Erfinder, hat die Einbildungskraft am Ende doch triumphiert. Als ein Held der Einbildungskraft hat Don Quijote auf dem Umweg über die Wirkungsgeschichte recht bekommen: es waren wohl doch Riesen und keine Windmühlen. Und er hat sie besiegt.
Solche Gedanken entwickelt ein Nooteboom, der inzwischen auf die andere Seite der Romantik geraten ist, von der Wehmut zur gelassenen Ironie.

*

So verhielt es sich mit ihm, als ich ihn persönlich kennenlernte. Ich war doch überrascht, wie distanziert er über sein erstes Buch sprach. Ein »schwärmerisches Buch« nannte er es. Ich verspürte das Bedürfnis, den Roman gegen seinen Autor zu verteidigen. Wie ich dann hörte, ist ihm ähnliches bei Studenten in Berkeley widerfahren: »Sie waren geradezu böse auf mich«, erzählte er, »und ich hatte auf einmal das Gefühl, daß der junge

Autor von damals mitten unter ihnen saß und sich mit ihnen gegen mich, den alten Autor, verbündet hatte.«

Was war inzwischen geschehen? Nooteboom erzählte mir, wie es zu diesem Buch kam und was sich daraus ergab.

Eine katholische Klosterschule hatte er vorzeitig verlassen – deshalb spuken entlaufene und nichtentlaufene Mönche durch seine Erzählungen und deshalb auch das Spiel mit der Metaphysik –, er »paßte« nicht, wie er sagt, das Zeremonielle zog ihn an, nicht aber das Dogma. Bei einer Bank in Hilversum verdiente er sein erstes Geld. Nach einer Trampfahrt durch Frankreich schrieb er 1953 in einem Zug das erste Kapitel von »Philip und die anderen« nieder. Ein Verleger zeigte Interesse, gab Vorschuß. Er konnte den Roman zu Ende schreiben, der dann in Holland großes Aufsehen erregte.

Mit diesem »unschuldigen Buch« also war Cees Nooteboom plötzlich zum Schriftsteller geworden. Ein wenig berühmt und gerühmt lief er in Amsterdam herum, ein »Dandy ohne Geld«, sagt er, mit Samtjacke, buntem Schal und Spazierstöckchen. Bald machte er sich aus dem Staube, im gewissen Sinne folgt er der Spur seines Romanhelden, denn wegen eines surinamesischen Mädchens heuert er als Leichtmatrose an und schippert in die Karibik, schreibt Gedichte, Reportagen, kurze Erzählungen. Aber jenes erste poetisch leichte Buch lastete schwer auf ihm. Ich versuche zu verstehen: Veröffentlichung kann auch eine Art Enteignung sein. Was einmal aus einem herauskam, das kommt einem nun von außen entgegen, als Zwang, zu schreiben, bloß weil man einmal damit angefangen hat. Der heikle Grenzverkehr zwischen Literatur und Lüge, die Selbstbewirtschaftung der eigenen Obsessionen. Jedenfalls mußte sich Cees Nooteboom von diesem ersten Roman befreien, indem er 1963

einen zweiten schrieb, der ziemlich unverhohlen den Ekel vor der Literatur zum Thema hat: »Der Ritter ist gestorben«. Einen »Abschied von der Literatur« nennt Nooteboom diesen Roman, »ich dachte, jetzt ist alles gesagt, es geht nichts mehr«.
Was nicht mehr ging, war das Romanschreiben, siebzehn Jahre lang. Dafür aber veröffentlichte er Gedichte und vor allem poetische Reisebücher, ein Genre, dem er neuen Glanz gegeben hat.
Mit seinem zeitweiligen Abschied vom Roman hatte er einen Abstand geschaffen, den er benötigte, um mit neuer Leichtigkeit, Weisheit und eben Ironie zum Roman zurückkehren zu können. Wenn alles gesagt ist, kann man versuchen zu sagen, was damit eigentlich gesagt ist. 1980 erschien »Rituale«. In Holland sprach man damals von einem Comeback des Romanautors Cees Nooteboom. Dieser Roman, dessen Kunst Mary McCarthy mit der Nabokovs verglich, hat auch für Nooteboom selbst die Bedeutung eines Opus magnum. Er war ursprünglich umfangreicher angelegt. Die Erzählung »Ein Lied von Schein und Sein« gehörte dazu und noch vieles andere, was er weggelassen hat. Zwischen dem frühen Geniestreich »Philip und die anderen« und dem fünfundzwanzig Jahre späteren »Rituale« gibt es einen Bruch, aber auch Kontinuität. Der Bruch drückt sich in der Haltung aus: Sehnsucht und Wehmut sind nicht gänzlich verschwunden, aber zurückgenommen. Die Kontinuität zeigt sich beim Thema Ritual. Der erste Roman zelebrierte das Ritual des poetischen Festes. Jetzt wird erzählt, wie Leute unserer Tage aus dem Leben Inseln der Bedeutsamkeit, genau das sind die Rituale, herausheben und befestigen – gegen die reißende oder auch träge dahinfließende Zeit, die alles in sich zurückschlingt. Was immer in diesem Roman geschieht –

eine Art Grundrauschen der Existenz, vor dem sich die verschiedenen Lebensmelodien abheben, bleibt stets hörbar. Der Roman ist eine erzählerisch virtuose, subtile Variation auf das Thema: das Sein und das Nichts.

Im Süden Marokkos, am Rande der Wüste, sei ihm einmal, so erzählte mir Nooteboom, ein heilloser Schreck in die Glieder gefahren, der viele Jahre nachgewirkt hat: das jähe Entsetzen darüber, daß wir in einer grenzenlosen Leere herumzappeln. Winzig, unerheblich und dabei auf skandalöse und lächerliche Weise von der eigenen Bedeutung überzeugt.

In »Philip und die anderen« wurden wir in die zarten, zerbrechlichen Feste hineingezogen, wir durften einen Augenblick lang mitfeiern, wenn Himmel und Erde sich berühren. In »Rituale« aber sehen wir inzwischen dem Spiel von außen zu, eine Galerie der mehr oder weniger verkrampften Sinngebungen des Sinnlosen. In dem »schönen, leeren Universum« klammert sich der eine, verfeindet mit dem Rest der Welt, an sein kleines Ich, hegt es in ein strenges Ritual ein, das der verrinnenden Zeit trotzen soll. Ein Aufstand gegen die Zumutung der Welt. Ein anderer will auch sein Selbst loswerden, er sucht die Leere, das Tao. Ein Aufstand gegen die Zumutung, ein Ich sein zu sollen. Eine leere Teeschale ist noch nicht leer genug, er zerbricht sie und bringt sich dann um. Der fiktive Erzähler ist jemand, der zum Leben gefunden hat, indem er sich überlebte. So trudelt er durch die Amsterdamer Szene der siebziger Jahre, beobachtet die Rituale der anderen, spürt den Sog, der von ihnen ausgeht, und die Lust, ihm zu widerstehen. »Rituale« ist ein gewiß nicht schwärmerisches Buch, aber es gibt Stellen darin, wo man darauf wetten will, daß im nächsten Moment Philip mit seinem Chinesenmädchen wieder auftaucht.

Für mich jedenfalls ist dieser Philip aus dem ersten Zauberroman noch nicht gestorben. Ich sehe ihn im Werk Nootebooms immer noch umgehen, vor allem dort, wo es Spiele, Rituale, Feste gibt; er ist ein Wiedergänger. Gewiß, er ist älter geworden, so alt wie zum Beispiel der Erzähler im Roman »In den niederländischen Bergen«. Der hat sich in die Bank einer leeren Schulklasse gezwängt, er hat seine Erzählung dort zu Papier gebracht und befürchtet nun, die Kinder könnten aus den Schulferien plötzlich zurückkehren, ihn hier sitzen sehen, den vom Alter Infizierten, »der vielleicht schon ein bißchen nach Tod riecht« und der gerade deshalb in einer Welt leben will, »in der die gemeinen Regeln der Älteren noch nicht gelten, in der das Dasein noch keine Geschichte ist, die stimmt, eine Welt, in der alles noch geschehen muß«.
Der Erzähler geht auf den Schulhof hinaus. Dort haben die Kinder mit Kreide die Vierecke des Himmel- und Höllespiels auf den Boden gemalt. Alfonso Tiburon de Mendoza, so heißt der Erzähler, weiß nicht mehr genau, wie man das Spiel spielt. Er beginnt zu hüpfen, zwischen Himmel und Hölle, in dem glücklichen Gefühl, an einer endlichen Geschichte endlos weiterspinnen zu können.
Ja, er wolle doch einmal über Gott schreiben, sagte Nooteboom an einem Sonntagnachmittag, während wir im märkischen Sand hocken und über seinen ersten Roman sprechen. Dabei blinzelt er, ich weiß nicht genau, ob wegen der Sonne oder wegen der Ironie.

Cees Nooteboom im Suhrkamp Verlag

Gesammelte Werke in acht Bänden. Alle Bände einzeln lieferbar. Gebunden

- Band 1: Gedichte. Übersetzt von Ard Posthuma und Helga van Beuningen. Herausgegeben von Susanne Schaber. 418 Seiten
- Band 2: Romane und Erzählungen 1. Übersetzt von Helga van Beuningen und Hans Herrfurth. 660 Seiten
- Band 3: Romane und Erzählungen 2. Übersetzt von Helga van Beuningen und Rosemarie Still. 601 Seiten
- Band 4: Auf Reisen 1. Von hier nach dort: Niederlande – Spanien. Übersetzt von Helga van Beuningen. Herausgegeben von Susanne Schaber. 605 Seiten
- Band 5: Auf Reisen 2. Europäische Reisen. Übersetzt von Helga van Beuningen und Rosemarie Still. Herausgegeben von Susanne Schaber. 607 Seiten
- Band 6: Auf Reisen 3. Afrika, Asien, Amerika, Australien. Übersetzt von Helga van Beuningen und Andreas Ecke. Herausgegeben von Susanne Schaber. 931 Seiten
- Band 7: Auf Reisen 4. Übersetzt von Helga van Beuningen, Andreas Ecke und Rosemarie Still. Herausgegeben von Susanne Schaber. 747 Seiten
- Band 8: Feuilletons. Übersetzt von Helga van Beuningen u.a. Herausgegeben von Susanne Schaber.

NF 228/1/8.06

Erzählungen und Romane

Allerseelen. Roman. Übersetzt von Helga van Beuningen. 436 Seiten. Gebunden. st 3163. 440 Seiten

Der Buddha hinter dem Bretterzaun. Eine Erzählung. Übersetzt von Helga van Beuningen. BS 1189. 84 Seiten

Ein Lied von Schein und Sein. Übersetzt von Helga van Beuningen. BS 1024. 98 Seiten. st 2668. 110 Seiten

Die folgende Geschichte. Übersetzt von Helga van Beuningen. 147 Seiten. Gebunden. BS 1141. 146 Seiten. st 2500 und st 3405. 148 Seiten

In den niederländischen Bergen. Roman. Übersetzt von Rosemarie Still. 145 Seiten. Gebunden. st 2253. 146 Seiten

Kinderspiele. Erzählung. Übersetzt von Helga van Beuningen. 45 Seiten. Bütten-Broschur

Mokusei! Eine Liebesgeschichte. Übersetzt von Helga van Beuningen. st 2209. 74 Seiten. st 3722. 80 Seiten

Paradies verloren. Roman. Übersetzt von Helga van Beuningen. 156 Seiten. Gebunden

Philip und die anderen. Roman. Übersetzt von Helga van Beuningen. Mit einem Nachwort von Rüdiger Safranski. Gebunden und st 3661. 160 Seiten

Der Ritter ist gestorben. Übersetzt von Helga van Beuningen. Gebunden, BS 1286 und st 3779. 150 Seiten.

Rituale. Roman. Übersetzt von Hans Herrfurth. Gebunden und st 2446. 231 Seiten. st 2862. 232 Seiten

NF 228/2/8.06

Nooteboom, der »Augenmensch«

Berliner Notizen. Übersetzt von Rosemarie Still. Mit Fotos von Simone Sassen. es 1639. 338 Seiten

Die Dame mit dem Einhorn. Europäische Reisen. 302 Seiten. Gebunden. st 3018. 320 Seiten

Der Laut seines Namens. Reisen durch die islamische Welt. Übersetzt von Helga van Beuningen und Rosemarie Still. st 3668. 230 Seiten

Im Frühling der Tau. Östliche Reisen. Übersetzt von Helga van Beuningen. st 2773. 344 Seiten

Nootebooms Hotel. Übersetzt von Helga van Beuningen. Gebunden und st 3387. 528 Seiten

Die Insel, das Land. Geschichten über Spanien. Übersetzt von Helga van Beuningen. Mit Fotos. 120 Seiten. Gebunden

Paris, Mai 1968. Übersetzt von Helga van Beuningen. Mit Fotos von Eddy Posthuma de Boer. es 2434. 96 Seiten

Rückkehr nach Berlin. Übersetzt von Helga van Beuningen. 54 Seiten. Broschur

Selbstbildnis eines Anderen. Träume von der Insel und der Stadt von früher. Übersetzt von Helga van Beuningen. 73 Seiten. Gebunden

Der Umweg nach Santiago. Übersetzt von Helga van Beuningen. Mit Fotos von Simone Sassen. Gebunden und st 2553. 416 Seiten

Wie wird man Europäer? Übersetzt von Helga van Beuningen. es 1869. 92 Seiten

NF 228/3/8.06

Gedichte

Gedichte. Ausgewählt, übersetzt und mit einem Nachwort von Ard Posthuma. 163 Seiten. Gebunden

Das Gesicht des Auges. Het gezicht van het oog. Zweisprachig. Übersetzt von Ard Posthuma. Gebunden und BS. 86 Seiten

So könnte es sein. Zo kon het zjn. Zweisprachig. Übersetzt von Ard Posthuma. 126 Seiten. Gebunden

NF 228/4/8.06

Cees Nooteboom

Die folgende Geschichte

Aus dem Niederländischen von Helga van Beuningen
suhrkamp taschenbuch 2500
148 Seiten

Wieso wacht Hermann Mussert in einem ihm vertrauten Zimmer in Lissabon auf, obwohl er doch in Amsterdam wohnt und sich dort auch am Abend zuvor zum Schlafen niedergelegt hat? Ein spontaner Entschluß zum Aufbrechen in eine andere Gegend kann es nicht gewesen sein, denn dieser Altphilologe ist eher ein Lebensuntüchtiger, ganz seinen griechischen und lateinischen Autoren zugewandter Mensch. Träumt er nur, in Lissabon aufzuwachen? Oder ist sein Gang durch Lissabon eine Reise in der Erinnerung, also eine Reise in der Zeit? Denn immerhin ist dies der Ort einer richtigen Affäre mit einer Kollegin.
Im zweiten Teil der Geschichte bricht Mussert – im Traum? in der Wirklichkeit? – mit sechs anderen Personen zu einer Schiffsreise nach Brasilien auf. Alle Reisenden erzählen von ihrem Leben. Die Geschichte, die Hermann Mussert als letzter erzählt, scheint alle Rätsel zulösen: er gibt ihr den Titel *Die folgende Geschichte.*

NF 226/1/5.00

Cees Nooteboom

Rituale

Roman
Aus dem Niederländischen von Hans Herrfurth
suhrkamp taschenbuch 2446
231 Seiten

»Ein großer europäischer Schriftsteller. Ein poetischer Roman, in dem die Erotik im Mittelpunkt steht.« So lobte Marcel Reich-Ranicki *Rituale*. »Man sollte ihn lesen, er ist gut«, urteilte die *Süddeutsche Zeitung*, und auch die *Neue Zürcher Zeitung* war lakonisch und prägnant: »Die Qualität von Nootebooms Schreiben ist wahrhaft hinreißend. Nicht nur stimmen seine Figuren und die mit böser Phantasie ausgedachten Geschichten, nicht nur ist seine These klug, bedenkenswert und existentiell beunruhigend, sondern auch sein Stil ist einzigartig intelligent.«
Das Amsterdam der fünfziger, sechziger und siebziger Jahre erscheint hier in der Perspektive von Inni Wintrop. Dieser will Selbstmord begehen in seinem WC, »weil er in seinem Horoskop für ›Het Parool‹ prophezeit hatte, seine Frau werde mit einem anderen durchbrennen, und er, der ja ein Löwe war, würde dann Selbstmord begehen. Es war eine treffende Prophezeiung.« Doch wie der Tod so spielt, der Strick reißt. Mit neuer Aufmerksamkeit beobachtet er die Menschen in ihrer Stadt. Er beobachtet die Rituale, die Hilfskonstruktionen, mit denen sie versuchen, der verrinnenden Zeit, dem Gaukelspiel der Erinnerungen, der persönlichen Geschichte den Anschein des Sinnvollen zu geben.

NF 227/1/5.00